변사
김
도
언

변사 김도언

초판 1쇄 발행 | 2019년 10월 25일
지은이 | 김하은
펴낸이 | 최윤정
펴낸곳 | 바람의아이들
만든이 | 강지영 박한솔 김재이 강보람 양태종
등록 | 2003년 7월 11일(제312-2003-38호)
주소 | 04001 서울시 마포구 동교로 17안길 43-4
전화 | (02)3142-0495 팩스 | (02)3142-0494
이메일 | windchild04@hanmail.net
제조국 | 한국
구독 연령 | 11세 이상

www.barambooks.net

ⓒ 김하은 2019

ISBN 979-11-6210-045-5 44800
     978-89-90878-04-5(세트)

이 책은 2018년 아르코 문학 창작 기금의 수혜를 받아 발간된 작품입니다.

「이 도서의 국립중앙도서관 출판예정도서목록(CIP)은 서지정보유통지원시스템 홈페이지(http://seoji.nl.go.kr)와 국가자료공동목록시스템(http://www.nl.go.kr/kolisnet)에서 이용하실 수 있습니다.(CIP제어번호: CIP 2019032800)」

변사 김도언

김하은 지음

바람의아이들

차례

프롤로그　7

1. 남자아이　11

2. 수상한 시절　27

3. 대한 독립 만세　43

4. 두 여자　66

5. 진선관에서　78

6. 변사 김도언　95

7. 불탄 극장   109

8. 변사 스텔라   129

9. 숨은별   148

10. 이이펑 아가씨   163

11. 다시 경성   189

12. 필름   219

작가의 말   239

프롤로그

    도언은 감기는 눈을 억지로 떴다. 잠을 제대로 못 잤고, 끼니는 언제 챙겼는지 헷갈렸으며 며칠이 흘렀는지 셀 수 없었다. 햇빛 한 줌 없는 지하실이었다. 숨을 쉴 때마다 피비린내, 물비린내, 땀 냄새, 지린내가 섞여서 공기를 짓눌렀다. 삶보다 죽음에 가까운 냄새였다.
    도언은 나무 의자에 두 팔과 다리가 묶인 채 앉아 있었다. 맞은편 의자에 이철만이 앉았다가 일어섰다. 도언은 반짝이고 힘 있는 것들을 떠올렸다. 강, 배, 꽃, 차, 바다, 등잔, 어머니, 극장, 영사실, 악단, 아버지, 만두, 김치, 국수, 아림, 재윤, 쩡루 이쩐, 상언, 운기, 진형, 진형…….

"어이, 김도언. 필름 어딨어?"

도언은 눈을 끔벅거렸다.

"무슨 필름?"

찢어지고 바짝 마른 입술이 나오는 말을 막았다.

"노재윤이 은성단을 촬영한 필름!"

"그런 필름…… 모르오."

"빠가야로[1]!"

이철만이 가죽 채찍을 내리쳤다. 길고 가는 채찍이 공기를 가르며 날카로운 소리를 냈고, 채찍 끝이 도언의 어깻죽지에 내리꽂혔다. 도언은 필사적으로 다른 생각을 했다. 국수, 극장, 변사석, 검은개, 서당, 장곱단, 쩡쉰, 아버지, 진형…….

몸 속에 아직도 물기가 남아있었는지 눈물이 흘렀다. 도언은 이철만에게 눈물을 보이지 않으려고 고개를 흔들었다.

"필름 어딨어?"

"무슨 말을 하는지 모르겠소."

도언은 입을 꾹 닫았다.

이철만이 찾는 필름이 어디 있는지는 도언도 몰랐다. 설령

---

[1] 馬鹿野郎. 멍청이, 바보라는 뜻으로, 일본에서 쓰는 심한 욕 중 하나.

알고 있더라도 말할 수 없었다. 그 필름에는 지켜야 할 목숨들이 줄줄이 매달려 있었다.

"좋은 말로 하려고 했더니 오늘도 안 되겠군."

이철만이 소매를 걷었다.

"당신도 조선인이잖아."

"내가? 틀렸어. 난 대일본 제국 신민이야."

"아니, 당신은 조선인이야. 태어날 때도, 죽을 때도 영원히 조선인이지."

이철만이 도언의 뺨을 후려친 다음 오른손을 덥석 잡았다.

"빠가야로, 조센징[1]."

거창한 것을 바라지 않았다. 하고 싶은 일을 하고, 마음대로 말하고, 가고 싶은 곳에 가는 평범한 일상을 꿈꾸었다. 조심하고 주의하면서 살기를 원하지 않았다.

"너와 내가 꿈꾸는 방식은 다르지만, 도달하는 결론은 같아. 우린 둘 다 독립을 원해. 그렇지 않니?"

---

[1] 朝鮮人(ちょうせんじん). 조선인의 일본어 독음 명칭. 본래 뜻은 인종 차별을 품지 않았으나 일제 강점기를 거치면서 한국인을 멸시하는 단어로 변했다.

상언이 했던 말이 떠올라 도언은 피식 웃었다. 총을 든 상언이 목숨을 걸고 싸우는 것과 도언이 사는 방식은 전혀 달랐기 때문이다. 그러나 엄혹한 현실 앞에서 도언은 자신도 상언처럼 용기를 품으리라 다짐했다.

"필름 어디 뒀어?"
이철만이 소리쳤다.
"나는 모른다!"
도언은 온 힘을 다해 그 말을 내뱉고는 정신을 잃었다.

1 · 남자아이

역관[1] 김선대의 집은 북촌에 있었다. 그 집에는 사랑방과 아들 상언의 방이 있는 별채, 아내 강해인과 딸 도언이 머무는 안채, 장곱단을 비롯해 집안일을 거드는 사람들이 사는 행랑채가 있었다.

사랑방에는 소파와 책상, 의자 등 서양 가구들과 선대부터 중국을 드나들면서 가져온 진기한 물건들이 곳곳에 있었다. 한어[2]에 능통한 김선대는 영어를 익히는 중이었고, 일을 마치고

---

1) 고려, 조선 시대 통역 등 역학에 관한 일을 담당했던 관직이다.
2) 중국 한족(漢族)이 쓰는 언어.

돌아오면 그곳에서 가족들과 차를 마시며 피로를 풀었다.

장곱단이 차와 다식이 놓인 찻상을 가져왔다. 김선대는 잔을 손으로 감싸고 향기를 맡으려 했다. 두 해 전부터 이 찻잎에서 향이 사라지기 시작했으나 그는 묵묵히 이 찻잎을 고집했다. 홀짝홀짝 차를 마시던 도언이 입을 열었다.

"단성사[1]에 새로운 활동사진이 들어왔대요. 아버지는 황제 폐하와 활동사진을 보셨다죠?"

"그랬지."

1899년에 미국인 버튼 홈스가 전차를 타고 다니면서 활동사진을 찍었다. 김선대는 버튼 홈스가 황실에서 활동사진을 상영할 수 있도록 다리를 놓았다. 휴대용 영사기로 튼 활동사진을 홀린 듯 보던 광무 황제가 백성들도 이런 구경을 하느냐고 물었다. 김선대는 일본인 거류지에 있는 혼마치좌[2]에서 상영하며, 작년에는 미국인 애스터 하우스가 가스등으로 단편 활동사진을 틀었다고 아뢰었다. 그 뒤로 황제는 활동사진을 볼 기

---

1) 일제 강점기에 설립된 사설 극장의 하나로, 한국 최초의 본격적인 상설 영화관.
2) 혼마치(本町)는 일제 강점기 당시 서울 충무로의 지명이며, 그전에는 진고개로 불렸다. 혼마치좌(本町座)는 1897년 경성의 진고개에 문을 연 극장이다.

회가 있을 때마다 김선대를 불렀다. 1907년 덕수궁 중명전에서 영사기를 작동한 기사 원희정이 활동사진이 움직이는 원리를 설명했고 김선대는 중국에서 상영하는 활동사진에 대해 덧붙였다. 황제는 사진을 찍을 때 낯설어 하던 것이 엊그제 같은데 세상이 눈 깜짝할 사이에 변한다며 한숨을 쉬었다. 이듬해, 내무대신 송병준이 정운복, 한석진, 김상연을 초청해 변사[1]로 세웠다. 그들이 조선인 첫 변사였다.

"황제께서 하사하신 찻잎이라면서요?"

"그래."

김선대가 시선을 상언으로 옮겼다.

"그래, 오늘은 무엇을 배웠지?"

상언이 입을 뗐다.

"어른은 아이를 자애롭게 보살피고 어린이는 어른을 공경한 연후에야 아이를 업신여기고 어른을 능멸하는 폐단이 없어져 사람의 도리가 바르게 된다고 배웠습니다."

김선대가 상언에게 질문하려는데 도언이 끼어들었다.

---

1) 무성 영화 시대에 스크린에 펼쳐지는 극의 진행과 등장인물들의 대사 등을 관객들에게 설명하여 주던 사람.

"아버지는 왜 저를 업신여기십니까?"

도언이 짙은 눈썹을 꿈틀거리며 각진 턱을 내밀었다.

"내가 너를 업신여겼단 말이냐?"

"네. 오라버니는 서당을 다니는데 저는 집에서 자수를 배우잖아요. 저도 오라버니처럼 경서를 잘 외울 수 있습니다."

"남자아이는 서당을 다니지만 여자아이는 서당을 다닐 수 없단다."

"불공평해요. 제가 여자아이로 태어나려고 원한 건 아니잖아요. 게다가……."

두 번째로 우러난 찻물이 빈 잔에 채워졌다. 김선대가 찻잔에 입을 댔을 때 도언이 말했다.

"세상이 달라졌다는데, 왜 여자는 예전처럼 살아야 해요?"

차를 마시던 김선대가 캑캑 기침을 내뱉었다. 사레가 들린 김선대의 등을 강해인이 쓸어내렸다. 겨우 진정한 김선대가 도언과 눈을 마주쳤다.

"뭘 하고 싶으냐?"

"아버지처럼 역관이 되고 싶어요."

"그렇구나……. 하지만 아직 조선에는 여자 역관이 없지."

빈 찻잔을 물끄러미 응시하던 김선대가 상언에게 물었다.

"너도 역관이 되고 싶으냐?"

상언이 고개를 숙였다. 한참 생각하던 상언이 조용히 말했다.

"잘…… 모르겠습니다. 세상이 바뀌었는데 왜 아버님이 하시던 일을 이어야 하는지……."

사랑방에 무거운 침묵이 흘렀다.

"마냥 어린아이인 줄 알았더니……."

김선대가 중얼거렸다. 그때까지 조용히 있던 강해인이 입을 열었다.

"신분과 나라가 사라지고 황제도 힘을 잃은 세상에서 살아가려면 다른 세상을 품어야겠죠."

김선대는 양미간을 찌푸리고 한숨을 내쉰 다음 마른 찻잎을 찻주전자에 두 번 넣었다. 상언과 도언이 한 말을 그 찻잎에 담았다. 그러고는 물을 따르지 않았다.

며칠 후, 도언은 평소처럼 사랑방으로 갔다. 찻상은 똑같았지만 그 옆에 못 보던 보따리가 놓였다. 차 맛도 달랐다. 밋밋했던 찻물과 달리 노란빛을 띠면서 맛이 부드러웠다. 상해에서 쩡 대인이 보낸 황차라고 강해인이 귀띔했다. 김선대는 첫 번째 우려낸 차를 도언에게 먼저 따랐다.

"한글로 쓴 책과 동몽선습[1]을 공부할 것이다."

도언은 눈을 동그랗게 떴다. 상언이 보는 책인데, 왜 자신에게 그런 말을 하는지 의아했다. 강해인이 입을 열었다.

"도언아, 세상이 달라졌대도 아직 달라지지 않은 것들이 더 많단다. 그러니 더 강해야 하고, 단단해야 해."

도언은 눈을 깜박였다. 뜬구름 같은 말이었다. 이번에는 김선대가 입을 열었다.

"내일부터 상언이와 서당에 다니렴. 단, 조건이 있다. 세상이 달라졌어도 아직 서당에 여자아이가 다닐 수는 없단다."

김선대가 보따리를 도언에게 건넸다. 도언은 보따리에 묶인 매듭을 풀었다. 책 몇 권과 바지저고리 한 벌이 있었다.

"너는 이제 남자아이다."

"바지를 입는다고 남자가 되는 건 아녜요. 그런데 왜 제가 남자아이로 살아야 해요?"

김선대가 차를 또 따랐다.

"서당이 아닌 보통학교로 보내면 네가 조선인임을 잊을 수

---

[1] 조선 시대 서당에서 교재로 사용하던 책. 조선 중종 때 학자 박세무가 저술하였고, 『천자문(千字文)』을 익히고 난 후의 학동들이 배우는 초급 교재로써 오륜(五倫)을 설명하고 단군에서부터 조선까지의 역사를 약술했다.

도 있지. 보통학교에서는 조선어 대신 일본어로 수업을 한다잖니."
　도언은 침을 꼴깍 삼켰다. 이해하긴 힘들었지만, 달라진 세상에 맞설 준비이자 다르게 살 기회였다.
　"가겠어요."
　강해인이 고개를 끄덕였다.
　도언은 보따리를 들고 행랑채로 발길을 옮겼다. 바느질을 하던 장곱단이 도언을 맞았다.
　"나, 내일부터 서당에 간대요."
　"서당이라고요?"
　"응. 오라버니랑 같이. 이거 아주머니가 만들었죠?"
　장곱단은 보따리를 풀어보고는 자신이 만들었다고 인정했다. 상언보다 작은 사내아이가 입을 것이라 들었는데, 도언이 입을 옷인줄 몰랐다고 했다.
　"그런데 아주머니, 도대체 조선이 뭐예요? 왜 잊지 말라는 거예요?"
　"뭐긴요. 우리한테 목숨 줄이었죠."
　"조선이 사라졌어도 아주머니는 살아 있잖아."
　"살아도 산 것 같지 않은 게 나라 잃은 사람이랍니다."
　장곱단은 말을 아꼈다. 도언은 장곱단의 아들에 대해 상언이 한 말을 떠올렸다. 곱단의 아들은 대한 제국 군인이었고, 통감부[1])가 군대 해산 명령을 내렸을 때 격렬하게 반항했다. 군인들은 경성 시내에서 일본 군인들과 총질을 하며 싸웠다. 다음날 내린 비로 경성 시내가 피투성이로 변했고, 곱단은 싸늘하게 식은 아들 시신을 수습하며 통곡했다고 했다.

"목숨 줄이구나, 그렇구나."

도언이 따라하는 그 말을 들으며 장곱단은 바늘을 다시 잡았다. 장곱단이 손을 떠는 바람에 실이 바늘귀를 빠져나갔다. 하지만 곱단은 그 사실을 모르는 듯 빈 바늘로 바느질을 이어갔다.

천야서당은 광화문통이 황토마루로 불리던 때부터 있었다. 김동혁 훈장은 『천자문』과 『동몽선습』 등 한문 교재들과 조선어 교본, 한글로 쓴 조선 역사책을 교재로 썼다.

"네 이름이 무엇이냐?"

---

1) 일본 제국주의가 한국 황실의 안녕과 평화를 유지한다는 명분으로 서울에 설치한 한국 통치기구. 1906년 2월에 설치되어 1910년 8월 주권의 상실과 더불어 총독부가 설치될 때까지 4년 6개월 동안 한국의 국정 전반을 사실상 모두 장악했던 식민 통치 준비 기구이다.

"김도언입니다, 훈장님. 상언 오라…… 아니, 상언이 형보다 두 살 어립니다."

도언은 웃음기를 거두고 동혁을 빤히 쳐다보았다. 동혁은 도언의 각진 턱과 동그란 눈을 차례로 살피고는 앉을 자리를 알려주었다.

상언이 노재윤과 나란히 앉아 경서를 외웠다. 도언은 그 뒤에 앉아 천자문을 따라 썼다.

도언은 자신이 배우는 글자들을 한어로 어떻게 읽는지 알고 싶었다. 그래서 차 마시는 시간에 책을 펴고 김선대에게 물어가며 한어 단어들을 익히기 시작했다.

상언과 함께 서당에 갔지만 돌아오는 시간은 달랐다. 상언보다 일찍 수업을 마친 도언은 종로통으로 발을 들였다. 서당에 다니기 전에는 어머니가 바깥출입을 할 때 따라나서면서 본 세상이 전부였다. 종로통은 시끄럽고 복잡했으며 항상 크고 작은 소란이 일어났다. 도언은 다른 아이들처럼 책보를 메고 거리를 뛰어다녔다. 단짝인 조경진이 함께 다녔다. 종로통이 익숙한 경진은 그 나이 먹도록 여기가 처음이냐며 이상하게 여겼지만 도언은 어릴 때 많이 아팠다고 둘러댔다.

도언은 대님[1]이 풀리도록 뛰어다녔다. 바닥에 철퍼덕 앉고 깔깔 웃었으며 큰 소리로 친구를 불렀다. 딱지본 소설[2]을 파는 좌판을 구경하고 피맛골[3]에서 빈대떡 냄새를 맡았다. 그러나 집으로 친구들을 데려가지는 않았다. 경진이가 몇 번 놀러가겠다고 했지만 도언은 아버지가 싫어한다는 핑계를 대며 거절했다. 방에 있는 자수틀이며 치마저고리 같은 여자아이들이 쓰는 물건들을 친구들에게 들키기 싫었다.

"야, 김도언, 저 소리 들려?"

조경진이 도언의 팔을 잡아 끌었다. 도언은 귀를 쫑긋 세웠다. 평소와 다르게 쿵짝쿵짝 박자에 맞춘 북소리가 들렸다.

"가보자."

친구들은 우르르 골목을 벗어나 큰길로 나왔다. 소리가 나는 곳에는 북과 나팔을 든 사람들이 행진을 하고 있었다. 그 사람들이 입은 양복의 어깨와 팔에 달린 수술이 팔을 움직일 때마다 찰랑거렸다. 선두에 있는 두 남자는 손수레에 타고 있었다.

---

1) 한복에서, 남자들이 바지를 입은 뒤에 그 가랑이의 끝 쪽을 접어서 발목을 졸라매는 끈.
2) 1910년대 이후부터, 일제 강점기 시대에 값이 싸고 부피가 적어 서민들도 휴대하기 편하게 제작되었던 소설책.
3) 조선 시대에 종로를 오가던 평민들이 고관대작(高官大爵)의 행차를 피해 다니던 골목길.

한 사람은 두루마기를 입었고 다른 사람은 양복을 입었다. 두루마기를 입은 남자가 확성기를 입에 대고 외쳤다.

"자아, 날이면 날마다 오는 게 아녜요! 내일부터 경성고등연예관[1]에 새로운 활동사진이 들어옵니다! 낭만의 도시 빠리를 엿보세요!"

경성고등연예관은 구리개[2]였던 황금정에 있는 극장이었다. 두루마기를 입은 남자가 경성고등연예관에서 하는 영화 제목을 여러 번 외쳤고 감독과 주연 배우 이름도 말했다. 그 다음 양복을 입은 남자가 같은 말을 일본어로 외쳤다.

도언은 나팔소리에 어깨를 들썩이고 북소리에 발을 맞추며 악단을 따라갔다. 악단을 따라가는 행렬이 점점 늘어났고, 옆에 있던 친구들은 사람들에 밀린 데다 앞으로 가려는 도언을 놓쳤다. 도언과 친구들 사이는 점점 벌어졌다.

"자, 날이면 날마다 오는 영화가 아닙니다. 오세요, 보세요!"

단단하고 확신에 찬 목소리에 힘이 실려 있었다. 모여든 사

---

1) 1910년 2월 18일에 개관한 조선 최초의 활동사진 상설 상영관.

2) 을지로의 옛 지명. 1914년에 황금정으로 바뀌었으며, 광복 후 1946년 10월에 일제식 동명을 우리말로 고칠 때 을지문덕 장군의 성을 따서 을지로로 개칭되었다.

람들 중 몇 사람이 두루마기를 입은 남자를 알은 체했다. 경성고등연예관에서 연행하는 조선인 변사 윤형수라고 했다. 도언은 확성기를 통해 흘러나온 윤형수의 목소리에 홀렸다. 윤형수 변사는 높낮이와 강약의 조화가 잘 이루어진 목소리로 말했고, 한 사람씩 눈을 맞추었다. 때로는 손을 흔들고 때로는 어깨를 폈다 구부리면서 활동사진 속 배우처럼 움직였다. 사람들은 변사가 탄 손수레로 앞다투어 다가갔다. 도언도 손뼉을 치고 환호를 질렀다.

해가 뉘엿뉘엿 질 때쯤, 변사들이 확성기를 끄고 악단이 북과 나팔소리를 멈추었다. 그때까지 행렬을 따라다니던 도언은 주변을 둘러보았다. 낯선 거리였다.

"경진아, 조경진?"

경진이가 보이지 않았다. 도언은 다른 친구들 이름을 차례로 불렀다. 같이 있던 친구들은 간데없고 낯선 사람들만 있었다. 도언은 두루마기를 입은 변사에게 다가갔다.

"어르신, 광화문통까지 가려면 어디로 길을 잡아야 하나요?"

변사가 콧수염을 문지르며 도언을 내려다보았다.

"집이 광화문통이니? 여기서 꽤 되는데. 잠깐 기다리면 내가 데려다주마."

"아닙니다. 길을 알려주시면 제가 찾아갈 수 있습니다."

윤형수가 너털웃음을 짓고는 돌멩이를 주워 흙바닥에 약도를 그렸다. 보기엔 간단했다. 오른쪽으로 꺾었다가 곧은길로 갔다가 다시 왼쪽으로 꺾었다가 그 다음에는……. 도언은 약도를 뚫어져라 보고 또 보았다.

거리는 어둑어둑했다. 전등이 없는 골목은 속을 볼 수 없었고, 전등이 켜진 길은 낯설었다. 낮에 보던 거리와 많이 달랐다. 도언은 머릿속으로 외운 약도를 중얼거리며 빠르게 걸었다. 그러다 삼거리에서 걸음을 멈췄다. 윤형수가 그린 약도에 없는 길이었다. 오른쪽인지 왼쪽인지 헷갈렸다. 도언은 약도를 다시 떠올리며 지나온 길과 지나가지 않은 길을 비교했다. 그 약도에서 삼거리가 어디쯤인지 가늠할 수 없었다. 도언은 자전거에 술통을 싣는 사내에게 물었다.

"저, 광화문통까지 어떻게 가야 하나요?"

"광화문통? 의정부 쪽 말이냐?"

"맞습니다."

사내는 오른손으로 코를 팽 풀어서 바지에 닦았다. 그러고는 그 손을 뻗어 방향을 가리켰다. 도언이 지나온 길이었다.

"저기로 가다가 큰길이 나오면 왼쪽으로 꺾어라. 얼른 집에 들어가라. 곧 비가 쏟아질 모양이다."

어디선가 길을 놓친 모양이었다. 도언은 뛰듯이 걸었다. 물어물어 종로통까지 접어들자 비가 내리기 시작했다. 도언은 책보를 앞으로 돌려 두 손으로 감쌌다. 책이 젖으면 큰일이었다. 빗줄기는 점점 거세졌다. 처마 밑으로 들어가 잠깐 비를 피했다가 다시 뛰곤 했다.

캄캄한 골목으로 들어서자 활짝 열린 대문이 보였다. 도언은 흠뻑 젖은 채 문지방을 넘었다.

"이 녀석! 어딜 쏘다니다 오는 게냐!"

김선대가 천둥처럼 크게 외쳤다. 지금까지 들었던 아버지 목소리 중에서 가장 컸다. 도언은 제자리에 얼어붙은 듯 섰다.

"따라 들어오너라."

사랑방에는 강해인과 상언이 기다리고 있었다. 김선대가 회초리를 들었다. 도언은 젖어서 잘 올라가지 않는 바짓단을 겨우 걷었다. 철썩 철썩, 도언은 입을 꾹 다물었다. 회초리는 점점 강하고 세게 종아리를 휘갈겼다. 여린 살이 찢어졌다. 도언은 입술을 깨물며 신음 소리를 삼켰다.

"어딜 쏘다니다 오는 게냐?"

도언은 주먹을 쥐며 울음을 참았다.

"길을…… 잃었습니다."

"길을 잃다니, 계집애가 겁도 없이!"

그때 상언이 김선대의 회초리를 잡은 손을 꽉 잡았다.

"언행 불일치입니다. 남자아이로 살아야 한다고 말씀하셨습니다. 그렇다면 믿고 맡기셔야죠."

상언이 막아서자 김선대는 당황했고, 강해인이 회초리를 잡아 뺐다. 도언은 뒤돌아서서 김선대와 눈을 마주쳤다. 떨어지려는 눈물을 소맷자락으로 훔쳐 닦고는 목소리를 단단하게 만들어서 입을 열었다.

"제 또래 남자아이들은 해가 저물도록 싸돌아다니고 도랑에 빠지고 흙장난을 합니다. 제 친구들 중에서 제가 가장 먼저 돌아오곤 했습니다. 그런데 딱 한 번 늦었습니다. 왜 늦었는지 이유도 안 물으시고, 무슨 일이 있었는지 듣지 않으셨습니다."

"……."

"무작정 제게 회초리를 드신 이유를 알아야겠습니다. 아버님이 분명히 말씀하셨습니다. 너는 이제 남자아이다. 아닙니까?"

도언은 물러서지 않았다.

"저는 이 옷을 입으면 남자아이입니다."

그 말을 지키고 싶었다. 껍데기만 남자아이가 아니라, 남자아이처럼 살고 싶었다. 치마저고리를 입었다면 친구들과 골목을 돌아다니거나 뛰거나 흙바닥에 앉기 힘들었을 것이다. 바지저고리는 도언에게 단순한 남자아이 흉내가 아니라, 자유였다.

김선대가 눈을 감았다.

"그만 나가보아라."

도언은 종아리가 쓰라렸으나 상처보다 마음이 더 아팠다. 아버지가 자신을 야단친 이유가 계집애가 늦게 들어와서 그렇다는 말에 발끈했다. 만약 상언이 늦게 들어왔다면 이렇게 야단치지 않았으리라는 마음이 불쑥 솟아났다.

"저는 이 옷을 입으면 남자아이입니다, 아버지."

도언은 절룩거리며 사랑방을 벗어났다. 두 뺨으로 눈물이 흘렀다. 종아리가 쓰라려서인지, 합당하지 않은 이유로 종아리를 맞아서인지, 상언을 대할 때와 다른 아버지의 태도 때문인지, 아니 그 모든 것을 합한 이유 때문인지 가리기 힘들었다.

"두고 보세요, 남자아이보다 더 열심히 살 테니까요."

그 결심은 도언과 꼭 붙어다녔다.

2 · 수상한 시절

김선대가 황금정에 있는 경성고등연예관에서 상영하는 활동사진 표를 두 장 가져왔다. 도언은 활동사진이라는 말에 눈을 번쩍 떴다. 보고 싶은 마음에 발을 동동 굴렀다. 그러나 강해인은 내키지 않는다고 거절했다.

"너 혼자는 못 보낸다."

"왜요, 혼자 갈 수 있어요. 전차 타는 법도 알고, 일찍 나서면 걸어갈 수도 있어요. 꼭 보고 싶어요."

"도언아, 넌 이제 계집아이야. 서당에 다닐 때랑 다르단다."

도언은 입술을 비쭉 내밀었다. 도언은 상언과 두 해 동안 서당을 다녔다. 상언이 고등 보통학교로 진학하자 도언은 보통학교로 옮겼고 여자아이로 돌아갔다.
"제가 가겠습니다."
상언이 나섰다. 도언은 펄쩍펄쩍 뛰며 상언의 팔을 잡았다.
"네가?"
"안 될 것도 없죠. 서당을 같이 다녔던 아우잖아요."
상언이 쐐기를 박듯 말하자 김선대는 한 발 물러났다.
도언은 오랜만에 다시 바지저고리를 입었다. 그새 키가 자라 바짓단이 깡똥했지만 기분은 가벼웠다. 각진 턱에 짙은 눈썹인 도언에겐 치마저고리보다 바지저고리가 더 어울렸다. 상언은 도언과 비슷하게 턱이 각졌으나 눈썹꼬리가 길고 걸음걸이가 사뿐했다.
상언을 따라나선 도언은 발걸음을 빠르게 놀렸다. 집에서 보는 상언은 말수가 적고 웬만한 일에는 꿈쩍하지 않는, 찻잔에 담긴 물 같았다. 그러나 길을 나선 상언은 평소와 달랐다. 거침없이 방향을 틀었고, 길을 잘못 접어든 경우에도 그 상황을 즐기는 듯했다. 도언은 자신이 알던 모습과 많이 다른 상언에 놀라며 뒤를 따랐다.
멀리서 북과 나팔이 장단을 맞추어 울렸다. 극장을 선전하려는 브라스 밴드가 거리를 돌고 있었다. 상언과 도언은 걸음을 재촉했다. 브라스 밴드가 연주하는 음악 소리가 점점 가까워졌다.

"다 왔어. 바로 저기야."

앞서가던 상언이 손가락을 뻗었다.

여러 기둥에 깃발을 매단 건물이었다. 2층 건물의 외벽에는 '경성고등연예관'이라는 극장 이름과 상영할 활동사진을 설명하는 간판이 나란히 붙어 있었다. '〈권투 대 유도의 대항 시합〉', '특별한 대결을 구경하러 오시라!'

다다미가 깔린 극장 1층에는 조선인들이, 2층에는 일본인들이 앉았다. 각 층에는 다시 부인석이 구분되어, 같이 온 남자와 여자들은 입구에서 헤어진 뒤 상영이 끝난 뒤에 만나야 했다. 출입구 근처에는 일본인 순사가 서 있었다. 극장에 있는 순사는 '임검' 혹은 '임석 경관'이라 불렸는데, 변사나 관객이 불온한 행동을 하거나 신고하지 않은 활동사진을 상영하는지 감시했다.

극장 안 공기는 탁했고 담배 연기가 가득했다. 도언은 콜록거리며 영사막이 드리워진 극장 무대에 시선을 고정했다.

"형, 오늘 조선인 변사가 누구래?"

그러자 상언의 옆자리에 앉은 남자가 대답했다.

"윤형수란다."

도언은 자신에게 약도를 그려주던 윤형수를 떠올리며 빙그레 웃었다.

비어 있던 무대 앞에 악단이 들어와 자리를 잡았고, 조선인 변사인 윤형수와 일본인 변사가 무대 한쪽에 놓인 변사석에 섰다. 두 사람이 옷자락을 매만지자 객석에 앉은 사람들이 담뱃불을 서둘러 껐다.

"오래 기다리셨습니다."

일본인 변사가 말문을 열었다.

"지금부터 유도 선수인 하야시와 외국인 권투 선수 자꾸가 벌이는 전투를 상영하겠습니다."

이어서 윤형수가 조선어로 일본인 변사와 같은 말을 했다. 한 장면에 일본어와 조선어 설명이 번갈아 있었기 때문에 1층과 2층 객석에서는 서로가 쓰는 언어 설명에 귀를 기울였다.

권투 선수와 유도 선수가 서로를 노려보면서 시작된 긴장감은 둘이 몸을 부딪히면서 조금씩 팽팽해졌다.

"잘한다!"

권투 선수인 자꾸가 유도 선수인 하야시를 주먹으로 세게 때리자, 1층에서 고함이 터졌다. 곧이어 하야시가 질세라 자꾸를 번쩍 들어올렸다. 이번에는 2층에서 "만세!"하고 큰소리를 쳤다. 1층과 2층에서 들리는 고함이 점점 커졌다. 그러다 하야시가 자꾸를 연달아 메다꽂았다.

"하야시 최고다!"

2층에서 한 사람이 외치자 몇 사람이 입을 모아 같은 소리로 외쳤다. 2층 객석이 소란해지면서 윤형수의 목소리가 묻혔다.

"아주 지들 세상이구만."

도언의 옆에 앉은 아저씨가 투덜거렸다. 자꾸와 하야시는 배우가 맡은 역할에 불과했으나 관객들은 자꾸가 하야시에게 강한 주먹을 먹이면 조선을 대신하여 일본에 복수한 듯이 통쾌해했다. 자꾸는 1층에서, 하야시는 2층에서 응원을 받았다.

자꾸가 휘두른 주먹에 하야시가 엉덩방아를 찧었다. 윤형수가 주먹을 불끈 쥐었다. 이를 신호 삼아 1층 객석에서 누군가 소리쳤다.

"잘한다. 자꾸!"

그러자 또 다른 사람이 말을 이었다.

"일본 놈을 묵사발로 만들어!"

"더 때려라, 자꾸!"

"힘내라, 자꾸!"

1층에서 외치는 소리가 강해지자 2층 객석에서도 큰 소리가 났다.

"힘내[1], 하야시!"

"대일본 제국의 힘을 보여줘[2], 하야시!"

"한 방에 끝내[3], 하야시!"

1층과 2층 관객들이 자꾸와 하야시를 각각 응원하는 소리가 커졌다. 그 소리에 묻혀 변사의 목소리가 들리지 않았다. 자꾸와 하야시가 치고받으며 벌이는 격투는 점차 격렬해졌고, 1층과 2층 관객들이 다투는 말도 수위가 높아졌다. 그러다 누군가 2층에서 1층으로 게다[4]를 던졌다. 그러자 2층 관객들이 옳다구나 하며 게다를 벗어 1층으로 던졌다. 도언의 옆에 앉은 아저씨는 게다에 정수리를 맞자, 쌍욕을 하면서 그 게다를 2층으로 세게 날렸다. 또 다른 1층 관객이 자신이 신은 짚신을 벗어 2층으로 던졌다. 게다와 짚신이 1층과 2층으로 오가고 욕설이 터졌다. 하야시를 응원하던 사람들은 일본어로 '대일본 제국 만세'를, 자꾸를 응원하던 사람들은 조선어로 '대한 제국 만세'와 '조

---

1) 頑張れ(がんばれ).

2) 大日本帝國の力を見せつけろ.

3) もっと投げろ.

4) 일본 사람들이 신는 나막신.

선 만세'를 외쳤다. 경성고등연예관은 자꾸를 조선인과 동일하게 여긴 사람들과 그런 조선인들을 하야시로 혼내고 싶어하는 일본인들이 싸우는 격투장으로 변했다.

"삐익 삑!"

임검이 호루라기를 불면서 곤봉을 휘둘렀다. 임검이 휘두른 곤봉에 1층 관객 몇 명이 맞아서 쓰러졌다. 2층에 앉은 일본인들은 후다닥 극장을 빠져나갔다. 곧이어 극장 주변을 순찰하던 다른 순사들도 극장으로 들어왔다.

상언이 넋이 나간 도언을 잡아끌었다. 1층에서 던졌던 짚신이 2층에서 다시 날아오면서 도언의 머리를 맞혔다. 멍하니 있던 도언은 정신을 차리고 출입구로 몸을 돌렸다.

"조센징, 빠가야로!"

순사들이 외치는 욕설이 극장 곳곳에서 울렸고, 곤봉에 맞는 사람들이 지르는 비명이 동시에 터졌다.

도언은 상언의 손에 이끌려 극장을 벗어났다. 바깥 출입구와 매표소를 빠져나오니 기마 경찰들이 경성고등연예관 쪽으로 줄 맞추어 다가오고 있었다. 척척척, 리듬에 맞춰 전진하는 말들은 어른 키보다 높았고, 그 말에 탄 경찰들이 곤봉을 휘둘렀다. 사람들은 재빨리 경찰들을 피해 달아났다. 상언과 도언도 전차 정거장까지 뛰었다. 전차를 기다리면서 숨을 고르던 도언이 상언에게 물었다.

"형, 그런데 2층에서 먼저 시비를 걸었잖아. 왜 1층 사람들만 잡아가?"

상언의 눈가에 물기가 어렸다. 표정 변화가 거의 없는 상언이기에 도언은 깜짝 놀라 상언의 소맷자락을 붙잡았다. 상언은 불안해하는 도언과 달리 담담하고 낮은 목소리로 중얼거렸다.

"우리가 조선인이라서 그래. 일본인에게 우린, 짓밟아도 되는 사람들이거든."

자꾸가 하야시에게 주먹을 날릴 때 같이 주먹을 쥐었던 윤형수 변사와, 자꾸를 응원한 1층 관객들이 왜 곤봉으로 맞고 포승줄에 묶이는지 이해할 수 없었다. 하지만 영화를 보며 자신이 좋아하는 편을 응원하는 것도 죄로 몰릴 수 있는 시대였다.

"그렇구나……."

말 한마디, 행동거지 하나가 불안하고 위태로운 때였다. 도언은 자신이 떠나온 극장 쪽을 돌아보며 한숨을 내쉬었다.

처음 보통학교에 갔을 때, 도언이 치마를 풀썩거리며 뛰자 이아림이 까르르 웃었다. 아림은 도언이 걷는 품새와 행동이 꼭 남자아이 같다며 흉내 냈다. 아림은 활동사진을 좋아했고, 한 번 본 장면을 그대로 모사하곤 했다. 아림이 아이, 어른, 노인이 지닌 특징을 잘 살려 장면을 표현하면 활동사진 속 장면이 거리로 툭 튀어나온 것 같았다.

"그런데 그 배우 진짜 목소리는 어떨까?"

며칠 전에 본 영화의 배우를 흉내 내다 아림이 말했다. 도언은 집게손가락으로 관자놀이를 톡톡 두드렸다. 생각이 잘 떠오르지 않을 때 하는 행동이었다.

"아마 네 목소리랑 비슷하지 않을까? 변사가 제대로 하면 될 텐데. 어떤 변사는 너무 대충해. 그리고 매번 자꾸하고 메리라니, 이상하잖아."

도언이 변사들을 비교해서 이야기하자 아림이 혀를 찼다. 아림은 화면 속, 도언은 화면 밖에 관심이 많았다. 그래서 같은 활동사진을 본 뒤에 나누는 이야기가 더 풍성했다. 배우 흉내를 한참 내던 아림이 도언의 귀에 대고 소곤거렸다.

"그 소문 들었어? 총독부에서 정한 불온서적들을 갖고 있는 사람들이 있대."

조선 총독부에서는 몇몇 책들을 불온서적[1]으로 정해, 이 책

---

1) 불온한 사상을 내용으로 하는 책. 이 책에서는 일제의 권위에 도전해서 그 위엄을 해치고 안전을 위태롭게 한다는 이유로 행해지는 규제 대상 도서를 뜻한다.

들을 보거나 갖고 있으면 안 된다는 본보기로 산더미처럼 쌓아 놓고 불태웠다. 도언은 한숨을 쉬었다. 극장에서 끌려가던 사람들, 불타는 책, 조선에서 마음껏 할 수 있는 일이 점점 줄어들었다.

집으로 돌아온 도언은 옷차림을 점검했다. 손에 묻은 흙을 씻고, 댕기와 옷고름도 반듯하게 매만졌다.

"왔니?"

어머니가 이불에 누워서 도언을 맞았다. 한 달 전, 어머니는 아이를 낳았다. 해가 질 때쯤 시작된 진통은 밤이 깊도록 이어졌다. 출산을 도우러 산파와 함께 안방에 들어갔던 장곱단은 고개를 절레절레 흔들었다. 머리가 먼저 나와야 하는데 발이 나오려고 해서 애를 먹는다고 했다. 여덟 달 만에 태어난 아기는 반나절 뒤에 숨을 거두었다. 아직 어머니는 자리에서 일어나지 못했다. 옆으로 물린 서안[1]에는 어머니가 그리다 만 그림이 놓여 있었다. 화인이 되고 싶었던 어머니는 집안의 반대로 그 뜻을 꺾었으나 도언이 서당에 다닐 무렵부터 그림을 그리기 시작했다.

---

1) 책을 펴 보거나 글씨를 쓰는 데 필요한 서실용 평좌식 책상.

도언은 어머니 팔을 주무르며 학교에서 겪은 일들을 조곤조곤 이야기했다. 아림이 배우들을 흉내 낸 것을 비슷하게 따라 했고, 당고[1] 장사가 외쳤던 소리를 옮겼다. 자수를 놓을 때 실이 자꾸 꼬여서 애를 먹었고, 셈을 할 때 두 번 틀렸고, 국어 시간에 배우는 일본어는 보통학교를 두 해 먼저 다닌 동급생들과 어깨를 겨누기 위해 노력하는 중이지만 그래도 일본어보다 한어가 훨씬 흥미진진하다고 했다. 모로 누운 어머니가 입꼬리를 살짝 올리며 웃었다.

"도언이는 말을 참 맛깔나게 해. 상언이는 말이 없어서 도통 무슨 생각을 하는지 잘 모르겠는데."

"형은 말을 아낄 뿐이지 마음으로는 어머니를 무척 사랑해요. 제가 잘 알아요."

"그렇구나."

"어머니, 얼른 일어나셔서 저 그림을 완성하셔야죠. 참, 학교에 양화를 그리는 선생님이 오셨어요. 동경에서 양화를 배우셨대요. 양화는 두꺼운 천을 나무틀에 고정시킨 다음 물감을

---

[1] 쌀가루나 밀가루에 따뜻한 물을 부어 만든 반죽을 삶거나 찐 후 작고 둥글게 빚어 만든 일본의 간식.

납작한 주걱으로 칠해요."

이야기를 듣던 어머니가 잠이 들자 도언은 조용히 일어났다.

상언의 말수가 부쩍 줄어들었고 눈빛이 날카롭게 변한 것은 도언도 눈치채고 있었다. 상언의 눈빛은 고등 보통학교에 들어가려 할 때 달라졌다. 서당에서 배운 것은 인정할 수 없으니 다시 보통학교로 들어가라는 통보를 받자, 상언은 사흘 동안 호롱불과 촛불을 동시에 밝히고 책을 들여다보았다. 그러고는 고등 보통학교에 가서 자신이 보통학교를 다닌 것과 같은 실력을 갖고 있으니 시험을 쳐보자고 했다. 상언은 시험에 합격해서 고보[1]에 입학할 자격을 따냈고, 그 일로 '삼일동자'라는 별명을 얻었다.

상언이 아직 돌아오지 않은 방은 어두웠다. 책상에 상언이 보던 책 몇 권이 펼쳐져 있었다. 도언은 그 책을 잠깐 읽다가 벌떡 일어났다. 상언의 방 밖을 서성였으나 상언은 늦도록 돌아오지 않았다.

그날 밤, 차를 마실 시간에 사랑방으로 간 도언은 굳은 표정으로 상언을 노려보는 아버지를 발견했다. 좀처럼 표정 변화가

---

1) '고등 보통학교'를 줄여 이르는 말.

없던 상언의 얼굴이 불그스름했다. 도언은 두 사람에게 말을 건네지 않고 슬그머니 자리에 앉았다. 하루 종일 어떻게 지냈는지 이야기하며 차를 마시면 긴장이 풀렸는데, 오늘은 팽팽한 긴장감이 흘렀다. 영문을 모르는 도언까지 덩달아 긴장했다.

"우치다 히데오[1] 선생에게 대들다니, 무슨 생각으로 그런 게냐?"

"김백형이 질문에 답을 못했다고 총부리로 찔리는 것은 부당합니다. 그런데 백형이 조선인이라 당연히 그래야 한다고 주장하는 사람이 어째서 선생입니까?"

"그는 단순한 선생이 아니라 총독부에서 나온 사람이다. 그러니 매사 조심해야 한다고 이르지 않았더냐?"

"총독부 아니라 천황이라 하더라도 학생에게 그런 짓을 하면 안 됩니다."

"그래서 어쩔 셈이냐?"

"학교를 그만두겠습니다."

"뭐?"

"어디서부터 어디까지 잘못된 것인지 제대로 알고 싶습니다.

---

1) 內田央雄.

일본으로 가겠습니다."

도언은 두 사람이 나누는 대화를 들으며 상황을 짐작했다. 일본인 선생들은 군복을 입고 긴 총을 차고 수업에 들어와 조선인을 폄하하곤 했다. 도언도 조선인이 흰옷을 주로 입는 기운 없는 민족이므로 강한 일본이 다스려야 한다는 말을 몇 번 들었다. 그런 말을 들으면 기분이 몹시 상했지만 반발하거나 맞서지 못했다. 선생이 걸음을 옮길 때마다 총이 부딪히며 철커덕 철커덕 소리를 내며 가만히 있으라는 암묵적 신호를 보냈기 때문이다.

"진심이냐?"

"진심입니다."

상언이 방에서 나갔다. 그때까지 긴장하고 있던 도언이 참았던 숨을 한꺼번에 내뱉었다. 김선대도 한숨을 쉬었다.

"언젠가는 이런 날들을 웃으며 이야기할 수도 있겠지. 언젠가는……."

"형을 일본으로 보내시게요?"

"다른 세상을 경험하는 것도 좋겠지. 시절이 수상할 때는 조심해서 나쁠 건 없지."

도언은 김선대를 가만히 쳐다보았다. 그 눈길을 느낀 김선대가 도언에게 할 말이 있느냐고 물었다.

"조심해서 나쁠 건 없지만, 그렇다고 아무것도 안 하면 수상한 시절이 물러갈까요? 뭐든 하는 게 옳지 않을까요?"

김선대가 이마에 손을 올렸다. 도언은 붉어진 아버지 낯빛을 보며 당황했다. 이런 시절이 언제까지 이어질 것인가 묻고 싶었으나 때가 아닌 듯했다. 도언은 조용히 사랑방을 나왔다.

안채에서 상언이 기다리고 있었다.

"내 방에 네가 들어왔니?"

"어떻게 알았어?"

"몰래 들어왔다 나갈 거면 흔적을 남기지 말았어야지."

상언이 옆구리에 낀 책을 펼쳤다. 접힌 모서리를 본 도언은 뒷머리를 긁적였다. 도언이 책을 읽다가 흥미로운 부분을 발견했을 때 하는 습관이었다.

"형, 이 책은 총독부에서 정한 불온서적이잖아?"

"그러니 네가 읽었다는 건 더 큰 문제야. 앞으로는 절대 흔적을 남기면 안 된다."

김선대는 도언에게 상대방에게 마음을 드러내지 않는 법을 배워야 한다고 조언하곤 했다. 그것은 대를 이어 역관을 하면서 얻은 지혜였다. 상언이 쉽사리 마음을 드러내지 않는 것도 아버지의 가르침과 연결되어 있었다.

"하늘에 있는 별들이 모두 반짝이는 건 아니야. 지금 보이는 별들이 전부가 아닌 것처럼. 지금은 밝지 않아도 언젠가 반짝일 별도 있겠지."

"무슨 말이야, 형?"

"그냥, 그렇다고. 도언아, 형이 부탁하마. 내가 무엇을 하든 너는 네 할 일을 해야 해."

상언은 접혀진 책장을 꼼꼼히 펴고는 책을 덮었다. 안채를 벗어나는 상언의 뒷모습을 바라보던 도언은 아랫입술을 질끈 깨물었다. 그 책은 조선 총독부에서 불온서적으로 분류했고 가지고만 있어도 곤혹을 치르는, 신채호가 쓴 『을지문덕』이었다.[1]

---

[1] 1908년 신채호가 쓴 전기 소설.

3 · 대한 독립 만세

　퇴위한 이태왕[1]이 승하했다. 이태왕이 독살당했고, 그 배후에 일본이 있다는 소문이 파다했다. 도언이 다니는 여자 고등보통학교 학생들도 상복을 입었고 가족들도 마찬가지였다. 일력으로 새해를 맞은 지 얼마 되지 않았을 때, 천야서당 김동혁 훈장이 양복을 입은 사내와 함께 김선대를 찾아왔다. 도언은 두 사람을 사랑방으로 안내했다.
　"오얏나무[2]가 참 멋지군요."

---

1) 1910년 국권 피탈 때 일제는 고종 황제를 이태왕으로 격하시켰다.

2) '오얏'은 자두의 순 우리말로, 오얏꽃은 조선 황실을 상징하는 꽃문양이었다.

양복을 입은 사내가 중얼거렸다. 도언이 아버지가 아끼는 나무라고 말하려는데 사랑방 문이 열렸다. 김선대가 버선발로 뛰어나왔다.

"어쩐 일이십니까, 이곳까지."

"오랜만에 뵙습니다."

"어서 오십시오. 도언아, 사람들을 물려주련?"

김선대를 찾은 손님들은 여럿 있었지만, 근처에 사람을 물리는 경우는 처음이었다. 망을 보던 도언은 장곱단이 차려온 다과상을 들었다.

"탄탄한 조직과 함께 일을 벌이는 게 좋겠습니다. 천도교나 야소교, 불교……."

문밖으로 새어나오는 소리가 심상치 않았다. 도언은 헛기침을 했다. 도란도란 나누던 말소리가 뚝 끊겼다.

"아버지, 다과상을 들이겠습니다."

"그래."

도언이 방문을 열자 김선대가 다과상을 받았다. 도언은 한참 동안 사랑방 밖을 서성였다. 다과상을 물리러 온 곱단에게 아직 멀었다고 알렸고, 조지야 양복점 사환이 들고 온 양복도 대신 받았다. 손님이 갈 때까지 서성이는 동안 차가운 바람이 뺨을 때렸고 추위가 온몸으로 스며들었다. 도언은 발을 동동 구르며 시린 손에 입김을 불었다. 입김에서 온기가 사라지고 손끝에 감각이 무뎌질 즈음, 사랑방 문이 열렸다.

"몸조심하시길."

"제가 드릴 말씀입니다."

사랑방에서 나온 손님들은 발걸음을 조심스레 뗐다. 대문에 다다른 그들은 집 밖을 두리번거리며 살피다가 후다닥 몸을 감췄다. 도언은 두 사람의 뒷모습이 완전히 사라질 때까지 지켜보았다.

"가셨니?"

김선대가 대문 밖을 살피는 도언에게 다가와 물었다. 고개를 끄덕이는 도언의 뺨을 김선대가 두 손으로 감싸 온기를 나눴다.

"어째서 다과상을 네가 들였느냐?"

"아버지가 아무도 들이지 말라셔서 그랬습니다."

"……."

"조지야 양복점에서 온 양복은 툇마루에 두었습니다. 그럼 저는 이만……."

"오늘 우리 집에는 아무도 오지 않았다."

"네?"

"아무도 안 왔어. 알았니?"

도언은 고개를 갸우뚱했다. 선뜻 대답하지 않는 도언의 손을 김선대가 꼭 잡았다.

"아무것도 안 하면 수상한 시절이 물러가지 않을 테니, 뭐든 해보려 한다. 그렇지만 너까지 끼어들게 하고 싶지 않단다."

"알겠습니다."

"상언이 녀석은 또 어떻게 지내고 있을지 걱정이다."

도언은 김선대가 뱉는 한숨에 자기 한숨을 얹었다. 상언이 동경으로 떠난 사이에 도언은 상언의 책들을 가져다 읽었다. 『을지문덕』뿐만 아니라 다른 책들도 도언이 처음 보는 것들이었다. 상언의 책들을 읽을 때마다 해결하지 못하는 문제들이 차곡차곡 쌓였고, 마음이 갈수록 뜨거워졌다.

"봄은 언제 올까요?"

마음은 뜨거웠으나 현실은 사시사철 겨울이었다. 일본이 저지르는 잘못은 수백 가지가 넘었지만 잘못이라고 말할 수 없었다. 불온한 생각을 품은 것으로도 일본 경찰에게 체포될 수 있었다.

"언젠가는 온단다. 다만 겨울이 조금 길 뿐이지."

도언은 방금 다녀간 두 사람이 긴 겨울을 같이 견디기 위해 들른 것인지 봄을 앞당기기 위해 들른 것인지 궁금했다.

이아림이 도언을 찾아와 동경에서 유학생들이 만들었다는 독립 선언서를 외웠다. 도언은 행여 방 밖으로 소리가 새어나갈까 두려워하면서 선언서에 귀를 기울였다. 동경은 조선을 침략하고 짓밟은 일본의 심장이었다. 그곳에서 유학생들이 대담하게 독립 선언을 하고 만세를 불렀다.

"예배당에서 들었는데, 조만간 조선에서도 동경처럼 독립 만세를 부른대."

도언은 김선대를 찾아온 손님들을 떠올렸다. 그날 사랑방에서 흘러나온 이야기와 아버지가 했던 말, 부쩍 바깥출입이 잦은 아버지의 행동들이 한 줄로 꿰어졌다. 도언의 가슴에 심한 통증이 왔고, 숨 쉬던 박자가 틀어졌다. 딸꾹, 딸꾹, 한 번 터진 딸꾹질은 아림이 심각하게 말하는 동안에도 이어졌다.

"딸꾹, 정말, 딸꾹 딸꾹, 조선에, 딸꾹, 독립 만세, 딸꾹……."

"그렇다니까. 그래서 말인데, 독립 만세를 부르기로 한 날에 같이 움직일래?"

도언은 입을 틀어막고 딸꾹질을 멈추려 애썼지만 마음먹은 대로 되지 않았다. 겨우 고갯짓으로 하겠다고 했다. 도언은 잠들 때까지 딸꾹질을 했다. 독립 만세를 외칠 수 있다는 벅찬 마음과 함께 두려움이 밀려왔다. 아버지가 움직이기 시작했다.

위험한 일이었다. 동경에서 만세 운동을 했다면 상언은 아버지보다 더하면 더했지 덜할 사람은 아니었다. 도언은 가슴을 부여잡고 딸꾹질을 계속했다.

아림이 곧 민족 대표들이 독립 선언서를 읽을 것이고 그 때를 맞추어 사람들이 거리로 뛰쳐나가 만세 운동을 벌일 것이라고 알렸다. 도언은 그 계획을 들으며 또 딸꾹질을 했다. 만세 운동이라니, 성공하기 힘들 것 같았다. 무서웠다. 일본은 대한제국을 사라지게 하고 황후를 시해했을 뿐만 아니라 황제를 퇴위시켰다. 한 나라를 다스리던 황실을 두려워하지 않는 일본에게 겨우 만세라니, 총칼을 든 사람에게 만세로 맞서다니.

보름 전에 상언에게 별일 없느냐는 전보를 보냈다. 평소 같았으면 답장이 올 터인데 감감 무소식이었다. 상언이 전보를 받았는지, 받을 수 없는 상황인지, 받았는데 바빠서 답장을 잊었는지 확인할 길이 없었다. 도언은 하루하루를 가슴 졸이며 보냈다.

3월 1일, 그날이 밝았다.

도언은 수업을 마치고 탑골 공원으로 움직였다. 잠을 설쳐 눈이 뻑뻑했고 심장 박동이 거세게 뛰었다. 공원에는 학생들이 삼삼오오 모여서 때를 기다리고 있었다. 시간이 흐를수록 학생들이 늘어났다.

민족 대표들이 독립 선언서를 읽기로 약속한 시간이 다가왔다. 그 시각, 종교 대표들로 꾸려진 민족 대표들은 명월관[1] 지점에 모였다. 그들이 이곳에 모인 사실은 근처 승동 교회에 전달되었다. 승동 교회에는 만세 운동을 준비한 연희 전문 학생을 비롯한 학생들이 있었다. 명월관 지점으로 간 학생들은 민족 대표들에게서 학생들과 함께 움직였을 때 시위가 격렬하게 변할 수 있으므로 이곳에 있겠다는 결정을 들었다.

탑골 공원 팔각정 앞에 모인 학생들은 민족 대표들을 기다렸지만 나타나지 않았다. 뭔가 잘못된 게 아닌가 하는 수군거림이 일어났다. 그 때, 어떤 남자가 선언서를 펼쳤다.

"오등은 자에 아,[2] 조선의 독립국임과 조선인의 자주민임을 선언하노라……."

도언이 가슴이 쿵쿵쿵 뛰었다. '우리는 오늘 조선이 독립한 나라이며, 조선인이 이 나라의 주인임을 선언한다.'니!

---

1) 서울특별시 종로구 동아일보 광화문 사옥 터에 있는 대한제국기 궁중 요리를 전문으로 개점한 조선 최초의 건물. 요릿집.

2) 3·1 독립 선언서의 첫 구절. 吾等은 玆에 我.

남자가 차분하고 거침없이 선언서를 읽어내려갔다. 몇몇 사람들이 인쇄된 선언서를 나눴다. 도언이 건네받은 선언서에는 선언을 하는 구체적인 날짜가 적혀 있지 않았다. 고개를 들어 선언서를 읽는 남자를 쳐다보던 도언은 두 눈을 의심했다. 도언은 사람들을 헤치고 앞으로 가려 했다. 그러나 사람들이 만드는 벽에 자꾸 가로막혔다. 도언이 진땀을 흘리며 벽을 뚫는 사이에 낭독이 끝났다.

"모든 행동은 질서를 가장 존중하여, 우리의 주장과 태도를 어디까지나 떳떳하고 정당하게 하라."

그 말을 신호로 남학생들이 학생 모자를 하늘로 던졌고, 여학생들은 두 팔을 번쩍 들었다.

"대한 독립 만세!"

"조선 독립 만세!"

도언은 손을 높이 든 사람들 사이에서 깡충깡충 뛰었다. 잘못 본 게 아니었다. 동경에 있어야 할 상언이 거기 있었다. 전보에 답장을 하지 않은 것이 아니라 받지 못한 것이다. 도언은 필사적으로 까치발을 했다. 사람들에 섞여 상언이 보였다 안 보였다 하더니 재윤과 낯선 남자가 상언의 옆에 나타났다. 셋은 누군가 들을세라 귓속말을 나누더니 앞장선 대열에 끼어들었다.

도언은 대한 독립 만세를 외치며 앞으로 나아갔다. 아버지는 광무 황제가 이태왕으로 신분이 격하된 뒤에도 늘 황실 걱정이었다. 그러나 도언은 아버지 생각과 달랐다. 이제는 군왕의 시대가 아니었다. 도언은 대한 제국일 때 태어났고 대한 제국도 조선도 모두 사라진 뒤에 서당에 들어갔다. 여고보 학생인 지금은 일제의 식민지에서 살고 있다. 상언의 방에서 가져다 읽은 책들에서 도언은 변화를 발견했다. 그 변화가 어쩌면 두 손을 번쩍 드는 만세부터 시작할 수 있겠다 싶었다. 두세 사람이 모이면 경찰이 왔고, 선생은 총을 찬 채 수업했으며, 일본을 욕하는 마음을 먹었다는 이유로 체포된 사람도 있었다. 나라를 되찾을 생각이나 꿈꿀 권리조차 빼앗긴 채 살았다. 그랬던 이들이 두 손을 들어 부르는 만세는 더 이상 가만히 있지 않겠다는 선언이었다.

탑골 공원에서 출발한 인파는 덕수궁 앞에서 더 늘어났다. 덕수궁은 두 달 전에 승하한 이태왕, 광무 황제가 마지막까지 머물던 곳이었다. 도언은 목청을 돋우었다. 이태왕에게 보내는 마지막 인사이자 잃어버린 권리를 찾기 위한 첫발이었다.

"조선 독립 만세!"

"대한 독립 만세!"

점점 불어난 만세 행렬은 두 갈래로 나뉘었다. 한쪽은 미국 영사관으로, 또 한쪽은 숭례문을 지나 왜성대[1]에 있는 총독부로 향했다. 미국 영사관에는 윌슨 대통령이 말한 민족 자결주의에 따라 조선 민족이 독립을 하고자 움직였다는 뜻을 전하기 위해서였고, 총독부에는 독립을 분명히 주장하기 위해서였다.

군대와 기마 경찰들이 시위대의 행진을 막아섰다. 곧 곤봉이 시위대를 향해 날아들었다.

대열 앞쪽에서 남자가 비명을 질렀다. 상언이 지르는 것 같았다. 상언은 도언에게 글을 가르치고 붓을 쥐는 법을 알려준 첫 스승이었고, 서당에 함께 다니던 동무였다. 동경에 있을 사람이 독립 선언서를 배포하는 사람들과 함께 있으니 경찰의 표적이 될 수도 있었다. 도언은 오로지 상언을 만나겠다는 마음으로 나아갔다.

누군가 도언의 팔을 비틀었다. 일본 군인이었다.

"빠가야로!"

도언은 입 밖으로 나오려는 딸꾹질을 삼켰다. 잡힌 팔을 뿌

---

[1] 중구 예장동·회현동1가에 걸쳐 있던 지역으로, 1885년 도성 내에 일본인의 거류가 허용되자 일본인들이 남산 주변 지역에 정착하면서, 임진왜란 때 이 지역이 왜군의 주둔지였기 때문에 자신들의 왜장 혹은 왜성과 관련이 있다고 보고, 이곳을 왜장·왜장터·왜성대 등으로 불렀다.

리치려는 순간 곤봉이 내려왔다. 도언은 왼팔로 곤봉을 막았다. 팔에 먼저 부딪힌 곤봉이 머리를 찍었다. 총소리가 공기를 찢으며 연신 터졌다.
"형. 얼른 가."
도언은 정신을 잃었다.

김선대가 종로 경찰서로 찾아왔을 때 도언은 속치마를 찢어서 이마를 동여매고 있었다. 찢어진 이마에서 흐르던 피로 천이 붉게 물들었고 눈두덩이는 부풀었으며 팔목도 시큰거렸다. 도언은 아버지를 안심시키려고 미소를 지으려 했으나 통증 때문에 표정이 일그러졌다. 김선대는 손에 무기를 들지 않은 사람들에게 곤봉과 총칼을 휘두른 것은 과잉 대응이라고 따졌으나 경찰서장은 치안을 위해서라며 콧방귀를 뀌었다.
단순 가담으로 분류되어 이틀 만에 풀려난 도언은 앓아누웠다. 까무룩 정신을 잃었다가 차렸다가, 열이 올랐다가 내렸다가, 토하길 반복했다.
"아버지를, 아버지가, 아버지……."
"잠깐 일 보러 나가셨어."
도언은 스르르 눈을 감았다. 많은 사람들이 독립 만세를 부르면서 행진했다. 총소리와 곤봉이 없는, 평화로운 행진이 삼천리 방방곡곡을 메우는 꿈을 꾸었다. 이건 꿈이야, 꿈이라고, 이럴 리가 없잖아. 동시에 이런 일이 진짜이길 바랐다. 활동사진을 보다 시비가 붙어도 일본인들은 집으로 돌아가고 조선인들은 포승줄에 묶여 끌려가는 세상은 싫었다.

한밤중에 김선대가 도언을 보러왔다. 도언은 어머니에게 차가운 물을 청했다. 방에 아버지와 둘만 남았을 때 도언이 손을 덥석 잡았다. 깜짝 놀란 김선대가 도언의 손을 잡아 토닥였다.

"아직 그 손에 힘을 많이 주면 큰일 난다. 다친 손이잖니."

도언은 그 말을 듣는 둥 마는 둥 했다. 시큰거리는 손목에는 힘이 들어가지 않았고 팔 전체가 떨리도록 아팠다. 열 때문에 바싹 마른 입술에서 말이 바람처럼 새어나왔다.

"탑골 공원에서 형을 봤어요."

"누굴 봤다고?"

"상언이 형이 재윤이 형이랑 같이 있습니다. 아버지가 찾아주세요."

도언의 손에서 힘이 풀렸다. 경찰서에 잡혔을 때부터 상언을 찾을 방법을 궁리했으나 뾰족한 수가 없었다. 아버지라면, 아버지가 나선다면 분명히 자신보다 나으리라 믿었다.

도언은 상언이 일본 경찰에 쫓기는 꿈을 계속 꾸었고, 방바닥이 뜨거운 건지 몸에서 열이 떨어지지 않는 건지 헷갈렸다.

급기야 자신이 만세를 부른 사실도 꿈 같았다.

　물을 떠오던 강해인은 불이 켜진 상언의 방으로 발길을 옮겼다. 주인 없는 방에서 김선대가 책을 꺼내 마당으로 던지고 있었다.
　"상언이 책을 왜……."
　책을 정리하던 김선대가 한숨을 쉬었다.
　"도언이 탑골 공원에서 상언을 보았답니다. 그 녀석이 지금 경성에 있어요."
　사태가 심각함을 알아차린 강해인이 물병을 내려놓고 방으로 들어갔다. 그러고는 김선대와 함께 책을 빼냈다.『을지문덕』같은 총독부 불온서적뿐만 아니라 사서삼경 여백에 상언이 남긴 몇 줄 글도 그냥 둘 수 없었다. 일본 경찰들이 트집을 잡자면 모든 것이 불령선인의 증거가 될 수 있었다.
　두 사람이 챙긴 상언의 책은 모두 도언의 방 아궁이 앞에 놓였다. 김선대는 상언이 애지중지하던 책들이 모두 불쏘시개로 활활 타는 걸 지켜보며, 동경으로 떠나기 전날 상언이 하던 말을 떠올렸다.
　"아버지가 사랑하는 조선은 황제가 우선인 나라입니까, 아니면 백성이 우선인 나라입니까?"

그때 김선대는 띵하고 울리는 뒷골을 손으로 눌렀다. 김선대도 독립을 간절히 원했다. 그러나 그 나라는 황제가 다스려야 한다고 생각했다. 하지만 상언이 생각하는 조선은 달랐다. 백성이 스스로 다스린다니, 그야말로 경천동지[1]할 생각이었다. 엎친 데 덮친 격으로 도언까지 다쳤다. 상언이 경성에 와 있다면 조심해야 할 일이 한두 가지가 아니었다.

"이럴 때 아이들을 지키려면 어떻게 살아야 할지……."
"그러게요."

재로 변하는 책들만큼 두 사람의 마음도 까맣게 타들어갔다.

졸업을 앞둔 여고보 학생들은 앞으로 어떻게 살 것인지를 고민했다. 도언은 아버지처럼 역관이 되고 싶다는 꿈을 품었으나 여자 역관은 없다는 현실에 부딪혔다. 게다가 만세 운동 때 뜨겁게 들끓던 마음이 여전히 식지 않은 상태였다. 아림은 동경으로 건너가 영어 공부를 하겠다고 정했으나 도언은 진로를 아직 결정하지 못했다.

---

1) 하늘을 놀라게 하고 땅을 뒤흔든다는 뜻으로, 세상을 몹시 놀라게 함을 비유적으로 이르는 말.

도언을 괴롭히는 것은 따로 있었다. 집을 나서면 누군가 늘 따라붙었다. 학교 책상에서 고개를 돌리면 운동장이나 복도에서 자신을 보고 있는 사람과 눈이 마주치곤 했다. 허름한 옷을 걸쳤으나 눈매가 날카로운 사람들이었다. 그 중 한 사람은 양 미간에 커다란 사마귀가 있어, 어떤 옷을 입어도 눈에 잘 띄었다. 목소리는 마치 쇠를 긁는 듯이 귀에 거슬렸다. 또 한 사람은 발을 끌듯이 걸어, 소리만으로 그 사람을 구별할 수 있었다. 늘 걷던 방향이 아니라 다른 곳으로 몸을 틀면 따라오던 사람이 잰걸음으로 방향을 돌렸다. 미행을 확신한 도언은 행여 실수를 할까봐 친구와 이야기를 할 때도 조심했고 집으로 들어갈 때는 후다닥 뛰었다. 집에서도 창문 밖으로 인기척이 나면 몸을 옹송그렸다.

도언은 책에 파묻혀 지냈다. 학교에서 배우는 것들은 일찌감치 다 뗐고 사랑방에 있는 책들까지 틈틈이 가져다 보았다. 김선대가 『아학편』[1]을 건넸다.

"영어 단어를 익히기에 좋은 책이란다."

---

[1] 정약용이 지은 『아학편(兒學編)』에 전용규와 지석영이 영어, 일본어, 한어 독음을 덧붙여 편찬했다.

"우와, 이 옆에 한어와 일본어 독음도 있어요. 이 한어 독음이 맞아요?"

"도언아, 조선에서 여자 역관은 아직 없단다. 알고 있잖니."

"꼭 역관이 아니라도 쓸모가 있을 거예요. 쓸모가 없더라도, 전 한어가 좋아요."

김선대는 단호한 도언의 말투에서 칡 냄새를 맡았다. 아침 무렵에 칡넝쿨을 발견한 도언이 칡뿌리를 캐겠다고 하더니 어둑해질 때까지 땅을 파서 제 키보다 큰 칡을 캤다. 도언이 다섯 살 때였다. 안 된다고 해도 포기하지 않고, 말려도 일단 부딪히고, 이해할 때까지 물고 늘어지는 아이였다.

"말려도 소용없겠구나. 한어 교본을 주마. 아학편도 함께 보거라. 네 말대로, 쓸모가 있을 테니."

그때부터 도언은 본격적으로 한어를 배우기 시작했다. 어릴 때 한두 마디씩 따라할 때보다 어렵고 복잡했다. 게다가 한어에는 성조라는 높낮이가 있어서 같은 발음이라도 성조를 달리하면 전혀 다른 말이 되었다. 도언은 한어를 배우는 재미에 푹 빠졌다.

10월이 저물어갈 무렵, 도언은 어머니와 함께 극장으로 갔다. 아버지가 표를 건네며 끝난 뒤에 사랑방에 들르라고 했다. 표에는 '1등 1원'이라고 찍혀 있었다. 연극 한 편을 관람하는 가

격이 40전이었기에 도언은 깜짝 놀라며 표를 앞뒤로 살폈다. 다른 표보다 특별한 부분은 없었다.

경성에는 일본인 전용 상영관으로 경성고등연예관, 황금관, 대정관, 유락관 등이 있었고, 조선인 전용 상영관으로 진선관과 우미관, 단성사가 있었다. 조선인 전용 상영관에서는 일본 영화를 제외한 외국 영화를 많이 상영했고, 영화를 상영하지 않을 때는 연극이나 기예 등을 공연했다. 그래서 영화관이라기보다 극장이라고 부르는 것이 더 자연스러웠다.

"단성사에서 연쇄 활동사진극을 상영하는데, 이번 작품은 조선인이 만들었다는구나."

도언은 강해인에게 바짝 붙었다.

"조선인이 만든 활동사진? 참말이에요, 어머니?"

"그럼, 참말이지."

도언이 가슴이 쿵쿵 뛰었다. 연쇄 활동사진극은 연쇄극이라고도 불렸는데, 극단에서 연극을 하는 중간에 활동사진을 상영하는 형식이었다.

단성사에서는 극단 신극좌가 〈의리적 구투〉를 한다는 선전문이 잔뜩 붙어 있었다. 도언은 발갛게 달아오른 얼굴로 단성사로 들어섰다.

경성고등연예관에서 상언과 나란히 앉아 활동사진을 보던

때를 떠올렸다. 그날 자꾸와 하야시가 싸우던 장면은 극장에 들어설 때마다 선명하게 살아났다. 그때는 상언과 같이 있었는데, 지난 몇 달 동안 상언의 소식을 듣지 못했다.

불이 꺼졌다.

〈경성전시(京城全市)의 경(景)〉이라는 활동사진이 먼저 상영되었다. 호루라기 소리가 났다. 이를 신호 삼아 '연쇄극'인 〈의리적 구투〉[1]가 시작되었다. 무대 벽에 펼쳐진 옥양목[2]에 명월관, 한강 철교, 장충단, 홍릉 등을 찍은 영상이 비춰졌다. 장면이 바뀌고 연극으로 전환될 때는 다시 호루라기 소리가 났다.

공연이 끝난 뒤, 강해인이 걸어서 돌아가자고 했다. 도언은 기꺼이 받아들였다. 조선인이 처음 만든 활동사진을 본 두근거림을 오래 간직하고 싶었고, 어머니와 이런저런 이야기를 더 길게 하고 싶었다.

"어머니, 우리는 언제쯤 남자들과 같은 자리에 앉을 수 있을

---

1) 우리나라 최초의 극영화로 알려져 있는 〈월하(月下)의 맹서(盟誓)〉보다 약 3년 앞서서 시도된 극영화 형태의 연쇄극이다. 우리 손에 의하여 최초로 만들어진 이 영화가 개봉하고 상영된 1919년 10월 27일을 기념하여, 1966년부터 이 날을 영화의 날로 제정 후 기념하고 있다..

2) 평직으로 제직하여 표백 가공한 면직물.

까요?"

"다른 나라에서는 남녀가 같이 본대."

"참말이에요?"

"일본에서는 여배우를 양성하는 학교도 있대. 그뿐이냐? 여인이 통역을 하는 나라도 많다더라."

도언은 제자리에서 폴짝폴짝 뛰었다. 상언은 무엇을 하든 별다른 제약이 없었지만 도언은 달랐다. 서당에 처음 들어갈 때도 남자아이처럼 변복을 했고 역관은 할 수 없으니 헛된 꿈을 꾸지 말라고 했다. 매일 좌절하고 매 순간 포기해야 어른이 될 수 있다고 했다. 조선에서 여인이 살아갈 방법은 정해져 있다고 했다. 그러나 도언은 그런 어른이 되고 싶지 않았다.

한적한 길로 들어서자 도언이 강해인의 팔을 잡았다.

"아버지께 몇 번 여쭸지만 답을 안 하세요. 형 방에 있던 책들도 없고 형도 사라졌어요. 어디 있는지 혹시 아세요?"

"우리도 백방으로 찾는 중이다. 동경에는 없는 것 같고, 재윤이도 모른다고 하더라."

"재윤이 형에게 연락이 닿았어요?"

"인산일 다음날, 새벽에 눈을 뜨니 사라졌대. 걱정하지 말라는 쪽지만 남겼다더라."

도언은 목울대를 꿀렁거리며 올라오는 눈물을 멈추려고 고개를 들었다. 깜깜한 하늘에 별이 몇 개 떠 있었다. 종로통을 지나 광화문통으로 들어선 두 사람은 골목으로 꺾어 천천히 걸었다.

사랑방에는 김선대와 쩡쉰[1]이 차를 마시고 있었다. 쩡 대인으로 불리는 쩡쉰은 상해에 살고 있었고, 두 사람은 선대부터 알던 사이였다. 쩡 대인은 조계지에 드나드는 외국인들이 활동사진을 즐기는 것을 지켜보았다. 그는 조만간 동아시아 전체에 활동사진이 유행할 것이라 짐작했다. 김선대 또한 일본과 중국에서 들어오는 활동사진에 주목했다. 두 사람은 상인과 역관 사이로 만났으나 활동사진을 매개로 대화를 나누다가 친해졌다.

도언이 건네는 인사를 받은 쩡 대인이 책꽂이 쪽으로 고개를 돌렸다. 그곳에는 낯선 여인이 서 있었다. 긴 머리는 틀어올려 단단히 묶었고, 양장을 입었고, 전족을 하지 않았다. 그 여인이 성큼성큼 다가와 오른손을 내밀었고, 도언은 얼떨결에 그 손을 잡았다.

---

[1] 鄭勛.

"쩡루이쩐[1]입니다."

루이쩐처럼 도언도 한어로 자신을 소개했다.

"김도언입니다."

"이제 우리 시대가 아니라 딸아이들이 만들어갈 시대가 오는군요."

김선대 말에 쩡 대인이 고개를 끄덕였다.

"이 아이가 눈동냥, 귀동냥으로 한어를 배웠습니다. 역관이 되고자 하지만…… 아무튼, 저보다 대인에게 배울 것이 많을 것 같습니다."

"김 선생이 제게 부탁하시니 영광으로 알겠습니다. 저는 상해에 주로 있지만, 루이쩐과 도언이 함께 일하는 편이 더 낫죠."

두 사람이 주고받는 말을 듣던 도언이 김선대에게 작은 소리로 물었다.

"무슨 말씀이신지, 제가 저 분과 뭘 하나요?"

김선대가 대답하기 전에 쩡쉰이 일어났다. 상해로 돌아가기 전에 처리할 일이 많다고 했다. 루이쩐도 내일 부산으로 내려

---

1) 鄭睿珍.

가야 하므로 챙길 일이 많다고 했다.

"쩡 대인이 하신 말씀이 무슨 뜻입니까?"

두 사람이 떠난 뒤 도언이 물었다. 김선대는 생각을 정리하려는 듯 안경을 벗어 꼼꼼히 닦았다. 도언은 입술을 잘근잘근 씹으며 기다렸다.

"쩡 대인의 딸인 루이쩐이 당분간 조선에서 장사를 하려고 한단다. 네가 여고보를 마친 다음에 그 일을 돕지 않으련?"

"무슨 뜻입니까?"

도언은 이미 던진 질문을 다시 했다.

"만세 운동을 하다 다쳤으니 지켜보는 눈들이 많겠지. 게다가 상언의 행방을 쫓는 이들도 있을 테고. 하지만 쩡 대인 밑에서 일을 배우면 네가 뭘 하든 보호막은 될 테다. 그리고…… 어쩌면 상언이와 연락이 닿을 수도 있겠지."

"형이 쩡 대인과 연락이 닿아요? 어디 있대요? 괜찮대요?"

"조선에 없는 건 확실하고, 중국으로 갔다면 한 번은 연락할 게다. 상해 임시 정부에 들를 확률이 높으니까. 그러니 너는 일단 학교부터 마치거라. 매사 조심하고."

사랑방을 나서는 도언의 발걸음이 무거웠다. 아버지가 상언을 찾고 있으며 그 흔적을 어디까지 알아냈는지 몇 달 만에 처음 들었다. 평소에 아버지는 확신이 없으면 말을 옮기지 않았다. 이번에도 마찬가지였다. 하지만 도언은 섭섭했다. 확실하지 않더라도, 작은 흔적이라도, 아버지 혼자가 아니라 어머니와 도언과 같이 걱정하고 고민했어야 했다. 쩡 대인과 그 딸이 하는 장사를 돕겠느냐는 제안 또한 아버지가 정한 길이었다. 아버지가 자신을 온전히 믿지 못하는 것 같아서 속상했다.

상언에게는 늘 최선을 권하는 세상이 도언에게는 최선이 아닌 차선을 권했다. 그러나 도언은 차선에 만족할 수 없었다. 남자아이로 서당 문을 넘으면서부터 느꼈던 자유로움과 편안함이 그리웠다. 도언은 치마를 번쩍 들고 속바지를 드러낸 채 마당을 뛰었다. 뽀얀 먼지가 신발을 따라 일었다. 이마에 땀방울이 맺히도록 뛰었다.

그 모습을 지켜본 김선대는 한숨을 길게 내쉬었다.

4 · 두 여자

도언은 경성역에서 배웅하는 강해인을 꽉 껴안았다. 처음으로 집을 떠나는 길이었고, 어머니와 따로 생활하기도 처음이었다. 행방이 묘연한 상언, 떠돌면서 장사를 배울 도언, 바깥 일로 바쁜 남편, 강해인이 더 외롭고 쓸쓸할 것 같아 마음이 쓰였다.

"어머니, 그림을 계속 그리셨으면 좋겠어요."

강해인이 입꼬리를 살짝 올렸다.

"내 걱정은 하지 말고, 건강하게 지내렴."

몸을 돌린 도언은 김선대에게 고개를 까닥여 인사를 대신했다. 잘 다녀오겠다거나 건강하시라든가 어머니를 부탁한다거나 하는 사소한 말 한마디 나누지 않았다. 아버지를 존경한 만큼 실망이 더 컸다.

찡루이쩐과 동행한 중국인 남자는 '장 씨'라고만 부르라고 했다. 장 씨는 더듬거리긴 했지만 조선어를 알았다. 도언은 루이쩐과 나란히 앉고 장 씨는 뒷자리에 앉았다.

루이쩐은 상해어를 썼는데, 북경에서 쓰는 한어를 주로 배웠던 도언에겐 또 다른 외래어처럼 들렸다.

"중국은 큰 나라여서 상해어와 북경어가 똑같진 않아요."

도언은 루이쩐이 한 말을 다시 곱씹었다. 상해어는 북경어와 똑같진 않지만 비슷한 부분들이 많았다. 그 뜻을 유추하느라 잠깐 뜸을 들였다가 답했다.

"조선에도 제가 못 알아듣는 말이 많답니다."

도언이 한어로 답했고, 루이쩐이 깔깔 웃었다.

"그렇습니다. 조선이 만세 운동을 한 큰 나라임을 잊었습니다."

루이쩐이 두 팔을 번쩍 올렸다. 도언이 피식 웃었다. 그 뒤로 두 사람은 한어와 상해어를 주고받았고, 막히는 부분은 종이에 한자를 쓰면서 말을 이었다.

"아까 보니까 김 선생과 싸운 것 같던데요."

"싸우긴요. 내 의견을 말할 새도 없이 떠나야 했는데요."

"우리 집이랑 다르네요. 나는 아버지랑 한 달 동안 싸웠어요. 장사를 하고 싶다, 공부를 해라, 아버지가 하는 일을 하려는데 왜 말리느냐, 너처럼 꼬장꼬장한 성격이 남들 비위를 맞추면서 장사하긴 힘들다, 아직 안 했는데 어떻게 아느냐, 내가 널 왜 모르냐. 뭐 이런 말들로 서로에게 상처를 줬죠. 하지만 결국 내가 이겼어요."

"좋으셨겠다. 나는 아버지하고 그렇게 다툰 적 없어요."

루이쩐이 도언을 빤히 보았다. 도언은 자신과 눈을 맞춘 까만 눈동자를 피하지 않았다. 별 다를 게 없는 눈이었는데, 깜박이지 않고 가만히 있는 눈동자가 도언의 마음을 뚫고 들어오는 듯 했다.

"다툰 적이 없다……. 당신 아버지인 김 선생이 그랬어요. 딸이 원하는 길을 가게 했으면 좋겠는데, 조선에서 역관은 일본인 편을 들어야 살 길이 생긴다나. 그런 꼴은 자신이 눈 뜨고 있는 동안 안 보고 싶다고요."

"아버지가…… 그랬다고요?"

"떨어져 있는 동안 두 사람이 서로를 제대로 보길 바랍니다. 나와 내 아버지가 그랬듯이."

루이쩐은 창밖으로 시선을 돌렸다.

도언은 처음 마주한 아버지 마음에 당황했다. 여자라서 반대하는 게 아니라 조선에서 역관이 차지하는 역할 때문이라니. 그러나 도언은 입술을 질끈 깨물었다. 자신에게 직접 말하지 않고 루이쩐을 통해 듣게 한 섭섭함 때문이었다.

처음 간 곳은 부산이었다. 도언은 루이쩐과 한 방을 썼고, 장사의 기초를 배웠다. 장부를 쓰는 법, 계산하는 법, 같은 상단에 있는 사람들만 알아볼 수 있는 기호를 사용하는 법, 사람을 상대하는 법……. 루이쩐이 알려주는 일은 하나부터 열까지 낯설었다. 도언이 투덜거리며 건성으로 대하자 루이쩐이 정색을 하며 말했다.

"사람을 대하는 태도, 나라마다 다른 생활 방법, 진심, 이 모든 것들은 장사로 배울 수 있어요. 힘을 잃은 조선에서 주저앉아 살 게 아니라면 넓고 길게 바라봐요. 그래도 아니다 싶으면 떠나도 됩니다."

루이쩐은 주판알을 터는 도언에게서 장부를 낚아채 눈으로 훑고는 숫자의 합을 썼다. 루이쩐이 방을 나간 뒤 도언은 주판으로 그 수를 더했다. 자신이 주판알을 튕기는 시간보다 루이쩐이 암산으로 더하는 시간이 더 짧았다.

다음날, 도언이 루이쩐에게 물었다.

"어제 그 계산, 어떻게 해요? 방법을 알려주세요."

"무슨 계산? 아, 덧셈. 간단해요. 머릿속에 큰 주판을 그리고 주판알을 올렸다 내렸다 해요. 연습하면 누구나 할 수 있어요."

"주판을 머릿속에 넣어요?"

"누구나 중요한 도구 하나쯤은 머릿속에 넣을 수 있죠. 김 선생이 사전을 머릿속에 넣듯이, 나는 주판을 넣었어요. 조선에서 어떤 사람들은…… 독립 선언서나 태극기를 머릿속에 감추겠죠. 도언, 당신은 뭘 넣었나요? 뭘 넣을 셈인가요?"

"나, 나는……."

"아직 넣은 게 없다면, 연습 삼아 주판을 넣어봐요. 나중에 당신이 다른 걸 넣겠다고 하면 나는 기꺼이 응원할 거예요."

"알겠습니다. 모자란 사람이지만 해보겠습니다."

"나는 장사꾼이니, 당신에게 장사를 가르치는 셈을 해야겠어요. 틈나는 대로 내게 조선어를 알려줘요."

도언은 고개를 끄덕였다.

"조선어 둘을 알려드리면, 제겐 상해어 하나를 알려주세요. 그럼 기꺼이 알려드리죠."

"역시 배짱이 두둑한 사람이었군요. 좋아요."

"첫 번째 조선어는 정예진, 당신 이름을 조선어로 그렇게 불러요."

"정예진, 멋진 이름이네요. 감사합니다."

도언은 장사에 발을 들였다. 머릿속에 주판을 그리는 연습을 계속했다. 하지만 루이쩐은 손쉽게 했던 그 일이 도언에겐 잘 되지 않았다. 주판보다 사전이 먼저 떠올랐고, 가끔은 가족들 얼굴이 주판을 덮었다. 그럴 때마다 도언은 머리를 흔들며 잡념을 떨쳤다.

두 사람은 장사를 하면서 상대방의 언어를 익혔다. 때로는 말을 배우느라 늦은 밤까지 이야기했는데, 그런 다음 날이면 도언에게 생기가 넘쳤다.

시모노세키를 오가는 부관연락선[1]이 도착하면 항구에 일본어가 넘쳤다. 일본에서 연락선에 실려 보낸 물건을 받으러 부산항에 나가면, 도언은 내리는 사람들을 샅샅이 살폈다. 상언이나 재윤이 연락선을 타고 동경 유학을 떠났듯이, 돌아올 때도 연락선을 타야 했다. 상언이 어디에서 무엇을 하는지 모르는 채 시간이 계속 흘렀다. 무소식이 희소식이라 믿고 싶은데, 마음 한편에 똬리를 튼 불안이 점점 커졌다.

배에 실려야 할 물건이 오지 않아서 큰 손해를 본 날, 루이쩐은 뜨거운 물에 발을 담갔다. 루이쩐은 상인이 될 결심을 하면

---

1) 제2차세계대전이 종전될 때까지 부산과 일본의 시모노세키 사이를 운항하던 연락선으로, 관부연락선으로도 불렸다. 이 명칭은 부산의 앞글자 부(釜)와 시모노세키 뒷글자 관(關)을 따서 만들었다.

서 전족을 풀었다. 전족은 여자들 발을 꽁꽁 묶어 작게 만드는 청나라 풍습으로 작은 발일수록 괜찮은 여자로 인정받았다. 친친 묶는 강도가 세지면 뼈가 변형되고 오그라들어, 오래 걷거나 뛰지 못하고 종종거리며 걸어야 했다. 어른이 일곱 살 여자아이처럼 발이 작은 경우도 있었다. 루이쩐은 발을 옥죄던 끈을 끊고 뜨거운 물에 담가 변형된 뼈를 서서히 제자리로 돌렸다. 꼬박 세 달이 걸렸다.

"마음이 약해질 때마다 처음 발을 담그던 기억을 떠올려요. 구부러진 발을 폈는데, 그 아픈 시간도 견뎠는데 이 정도는 아무것도 아니죠. 충분히 할 수 있어요."

루이쩐이 주먹을 불끈 쥐었다.

"루이쩐은 어릴 때부터 상인이 되고 싶었어요?"

"그럼요. 모두 안 된다고 했지만 세상이 달라지는데 나는 다르게 살면 안 되냐고 쏘아붙였죠. 그리고 뭐, 재주도 있어요. 아버지보다 곱절을 더 받고 팔았으니까."

"장사는 상해에서도 할 수 있잖아요. 그런데 루이쩐은 조선어를 하나도 모르면서 왜 여기에서 장사를 해요?"

루이쩐이 도언을 가만히 바라보았다. 같이 지낸 시간으로 쌓인 믿음이 깔려 있었다. 자신이 머릿속에 비밀스럽게 숨긴 것을 알려도 괜찮으리라는 확신이 담긴 눈길이었다.

"영국에서 만든 세계 지도에서 본 조선은 작은 나라였어요. 별로 오고 싶지 않았어요. 그런데 이 작은 나라에서, 기미년에 만세 운동이 일어났죠. 총칼을 휘두르는 일본에게 두 팔을 번쩍 들어 독립을 외치는 무모함이 끌렸어요. 영토가 작더라도 그곳에 사는 사람들 마음까지 작진 않구나, 큰 뜻이 일어나겠구나, 두근거렸어요. 당신도 만세를 불렀죠?"

도언의 손이 왼쪽 눈썹 위 흉터를 눌렀다. 앞머리를 잘라 덮은 흉터는 눈에 띄지 않았지만 가끔 욱신거리며 그날을 떠올리게 했다. 만세를 부르던 그 순간에는 남자와 여자, 노인과 아이, 학생과 선생이 한 마음 한 뜻이었다. 그 순간을 겪은 사람에게는 잊힐 리 없는 벅찬 감동이었다.

일과가 끝나면 도언은 거리를 돌아다녔다. 특히 극장 앞에 발길을 자주 멈추었다. 경성에도 상영할까, 어머니는 보았을까, 아버지는 여전히 설명 대본을 번역할까, 상언이 있는 곳에는 어떨까.

평화롭고 바쁜 나날이었다. 루이쩐과 함께 다니면서부터 도언을 따라다니는 사람이 눈에 띄지 않았다. 감시하는 눈길이 사라지자 긴장감이 줄어들었고, 자신을 돌아보는 시간이 조금씩 늘었다. 도언은 앞으로 무엇을 하고 싶은지 오래 생각했다. 하고 싶은 일과 잘 하는 일이 일치할 수 있고 다른 경우도 있지만, 냉정하게 판단해야 했다. 아버지가 루이쩐에게 털어놓은 마음이 도언을 돌아보게 했다. 조선이 어떤 현실에 처했는지를 매 순간 살펴야 하는 상황이 싫었으나 인정해야 했다. 그렇다면 나는 어떤 길을 갈 것인가. 도언의 고민이 깊어졌다.

초겨울로 접어들 무렵, 도언은 평양에 있었다. 하숙방 두 칸을 얻어 하나는 루이쩐과 도언이 쓰고 다른 하나는 장 씨가 썼다. 도언은 상대방에게 마음을 맞추고 잘 호응했다. 손실을 많이 입은 루이쩐을 웃게 만들었고, 손님들의 항의를 끝까지 들어 다음에 그런 일이 없도록 했다.

"역관도 상인도 안 맞는 것 같다만, 확실히 언어 능력은 타고났어요."

루이쩐이 도언에게 내린 평가였다.

도언은 장사보다 영화에 더 빠졌다. 영사막에 비친 화면들은 도언을 다른 세상으로 데려 갔다. 그 세상에는 상언이 옆에 있고, 가족들이 사랑방에 모여 한가하게 찻잔을 기울였다. 감시당하거나 쫓기거나 불안하지 않고, 자신이 하고 싶은 일을 했다. 이제 작은 일이라도 사람들에게 희망을 주고 싶었다. 극장에 드나들수록 변사에게 눈길이 머물렀다. 좋아하는 영화를 실컷 볼 수 있고, 관객들에게 다른 세상을 소개시키는 사람이었다. 어느새 도언의 머릿속에는 주판 대신 극장이 자리잡았다.

어느 날, 오후 일과를 마치고 숙소로 돌아온 도언은 멈칫했다. 서랍에 둔 편지들이 흐트러져 있었다. 도착한 순서대로 둔 편지들의 순서가 뒤죽박죽이었고, 최근에 온 편지는 봉투 밖으로 나와 있었다. 자기 물건에 손대는 걸 싫어하는 루이쩐이 그랬을 리 없었다. 누가 왔다 갔느냐고 묻자 집주인은 고개를 갸웃거렸다.

며칠 뒤, 도언은 골목을 서성이는 남자와 마주쳤다. 깔끔한 옷차림에 도리우찌 모자[1]를 쓴 남자는 도언을 보자 슬쩍 몸을 돌렸다. 도언은 그 남자를 한 눈에 알아보았다. 늘 세웠던 셔츠 옷깃은 접혔고, 구김이 많던 바지는 반듯하게 주름이 잡혔고, 새 구두를 신었지만, 경성에서 도언을 따라다니던 남자였다.

도언은 몸을 휙 돌려서 숙소로 들어갔다. 가슴이 쿵쿵 뛰었다. 다시 자신을 감시하는 사람이 붙었다. 이틀 뒤, 어머니가 위독하다는 전보가 왔다. 도언은 반쯤 정신이 나간 채 경성으로 돌아갈 가장 빠른 기차표를 구했다. 가방에 짐을 쑤셔 넣는 도언이 옆에서 루이쩐이 중얼거렸다.

"어머니는 괜찮으시겠죠? 괜찮으실 거예요. 그럼, 당연하

---

1) 조타모(鳥打帽)의 준말. 사냥 모자로 운두가 없고 둥글넓적한 모자.

지."

"그럼요."

도언은 건성으로 대답하며 빠뜨린 짐이 없는지 살피고 벽에 붙은 활동사진 포스터를 떼냈다. 평양에서 루이쩐과 같이 본 활동사진이었다.

"루이쩐, 경성에서 상언이 형을 찾던 사람을 여기에서 봤어요. 혹시…… 조심해요. 꼭!"

"내 걱정은 말아요. 김도언, 몸조심하고."

루이쩐이 도언이 손을 꼭 잡았고, 도언은 루이쩐을 꽉 끌어안았다.

루이쩐과 같이 다니는 동안 자유를 누렸다고 착각했으나 여전히 자신은 불온한 조선인이었다. 잠시 잊고 있었던 현실로 돌아가야 했고, 다시 루이쩐을 만날 수 없을 것 같았다. 자신은 루이쩐처럼 상인으로 살 자신이 없었다. 이윤을 맞추고 흥정을 하는 일은 몇 달이 지나도록 낯설었다.

"머릿속에 주판이 아닌 다른 게 들어 있다면, 제대로 빠져 봐요."

"알고 있었군요."

"모를 리가 있나요? 난 당신을 믿어요."

"고맙습니다, 루이쩐."

"예진, 내 이름은 정예진이에요."
"고마워요, 정예진. 또 봐요."
도언은 무거운 마음으로 기차에 올랐다.

5 · 진선관에서

  도언은 어머니 임종을 지키지 못했다. 아내를 여읜 김선대는 사랑방에서 두문불출하고 있었다. 김선대는 돌아왔다고 인사하는 도언을 알아보지 못했다. 도언이 무슨 말을 하든 아버지 눈에는 초점이 맺히지 않았다.
  "어르신이 종로 경찰서에 며칠 계셨던 사이에 몸이 급격히 나빠지셨어요. 제가 전보를 치고 돌아온 사이에 이미……."
  "아버지가 경찰서에 왜 가셨어요?"
  "일본 경찰이 상언 도련님을 찾더니 만세 운동 전에 어르신을 찾아온 손님에 대해 꼬치꼬치 캐묻더라고요. 그러다 마님이 쓰러지시고, 돌아온 어르신은 오락가락하시고……."

안방에는 여전히 어머니 냄새가 남아 있었고, 서안에는 그리다 만 그림이 놓여 있었다. 남자아이 둘이 손을 잡고 걸어가는 뒷모습이었다. 어릴 때 상언과 도언이었다. 경성역에서 어머니에게 그림을 그리시라 한 부탁이 마지막일 줄 알았더라면, 사랑한다고 말했어야 했다. 슬픔에 잠겨 상언이 방을 열었다.

"형, 어디 있어? 어머니, 어머니가……."

빈방에 도언의 목소리가 흔들렸다.

방으로 돌아온 도언은 천장에 달린 전등을 발견했다. 도언이 돌아다니는 사이에 이 동네에도 전기가 들어왔다. 알전구 위에 달린 스위치를 비틀자 환한 빛이 쏟아졌다. 밝은 빛을 받으며 멍하니 앉아 방을 돌아보던 도언은 무릎걸음으로 책꽂이에 다가갔다. 도언은 모든 책을 책꽂이 앞부분에 맞춰서 꽂았고 길이가 같은 책들을 분류해서 정리했다. 장곱단과 어머니가 도언의 방을 치우거나 살피더라도 책꽂이는 건드리지 않았는데, 책한 권이 안으로 쏙 들어가 있었다.

도언은 그 책을 꺼냈다. 처음 보는 책이었다. 처음에는 별다른 것이 눈에 띄지 않았지만 몇 장을 넘기자 글자 옆에 찍힌 조그만 방점이 나타났다. 심장이 쿵쿵쿵 불규칙하고 빠르게 뛰었다. 도언은 방점이 찍힌 글자들을 하나씩 쓰기 시작했다. 점점 눈이 뻑뻑하고 머리가 아팠으나 눈을 비비며 작업을 이어갔다.

어둑해질 무렵부터 시작한 일은 한밤중까지 이어졌다. 도언은 연필을 내려놓고 글자들을 이리저리 조합했다.

'아우야, 상처가 잘 아물기를 바란다. 나는 독립 운동을 하러 떠난다. 부모님을 부탁하마.'

눈물이 핑 돌았다.

"형, 날 찾아왔어야지. 그랬어야지."

도언이 다친 뒤에 상언이 다녀갔다. 으슬으슬하게 한기가 밀려왔다. 팔뚝을 쓸어내리며 열을 내려 했으나 역부족이었다. 상언이 남긴 이 흔적을 지워야 했다. 독립 운동이라니, 이 문장을 밖으로 내뱉는 순간 모두에게 위험이 닥칠 것이다. 도언은 상언이 남긴 책을 품에 꼭 안은 채 온몸을 웅크렸다.

어머니가 하던 집안일과 정신을 놓은 아버지를 살펴야 했다. 어머니가 갖고 있던 패물은 끼고 있던 옥가락지 한 쌍과 은비녀 하나만 남아 있었다. 사랑방에도 사정은 마찬가지였다. 지금까지 아버지가 집안 사람들에게 주었던 것처럼 한 달 월급이 봉투에 들어있을 뿐, 나머지 돈은 찾을 수 없었다. 생활비로 쓸 돈이 어디 있느냐는 질문에 아버지는 히죽 웃었다. 도언은 앞으로 다르게 살아야 함을 깨달았다.

도언은 안방 마당으로 사람들을 모았다.

"지금까지 돌봐주셔서 감사했습니다. 더 이상 여러분들께 월급을 드릴 수 없을 듯합니다. 광에 있는 비단과 마지막 월급을 드리겠습니다. 부디 건강하시길 바랍니다."

도언이 고개를 숙였다. 사람들은 비단과 월급을 챙겨 떠났다. 도언은 남은 곱단에게 물었다.

"아주머니는 안 가세요?"

"어떤 푸성귀를 어떻게 먹는지, 믿을 만한 싸전[1]은 어디인지, 어르신과 아가씨 옷은 어떻게 빨고 주름을 펴야 하는지, 그런 일을 알려줄 사람이 아무도 없으면 어쩌실 겁니까?"

"하지만……."

"아들이 피투성이 주검이 되어 돌아왔을 때, 제겐 나라뿐만 아니라 세상이 모두 사라진 상태였어요. 그런데 어르신이 제게 아들이 장한 일을 했으니 그 뒷감당은 내가 하겠다, 이러셨어요. 이젠 제 차례예요. 제 밥벌이는 제가 하겠습니다."

안방과 상언의 방을 살폈을 때 텅 비었던 마음이 차올랐다. 도언은 곱단의 손을 꼭 잡았다.

"이제부터 말 놓으세요. 저도 이모라고 부르겠습니다. 어머

---

[1] 쌀과 그 밖의 곡식을 파는 가게.

니와 가장 가깝게 계셨고, 제겐 어머니 같으셨어요."

"하지만……."

"도언아, 하고 불러보세요. 이모."

"도, 도언아."

말을 마친 곱단이 고개를 푹 숙였다. 도언은 곱단을 꼭 끌어안았다. 적어도 혼자가 아니라 둘이 버틸 수 있으니 든든했다. 이제 자신이 하고 싶은 일을 찾아야 했다. 도언은 집게손가락으로 관자놀이를 톡톡 두드렸다. 지금까지 헷갈렸던 일들을 하나씩 정리하고 갈피를 잡았다. 그리고 이제 머릿속에 자리 잡은 미래에 부딪혀보기로 했다.

일자리는 곱단이 먼저 얻었다. 황제와 궁내부 대신들에게 양복을 대던 조지야 양복점에서 일을 거들면서 기술을 배운 조선인 박상현이 종로통에 수복 양복점을 차렸다. 조지야 양복점이나 미쓰코시 오복점보다 싼 값으로 양복을 지을 수 있었다. 김선대가 양복을 맞추고 찾아가지 않았다는 전갈을 받은 곱단은 일손이 필요하지 않느냐고 물었다.

"바느질 솜씨가 좋으시다고 들었어요. 저를 도와주시겠어요?"

장곱단은 믿기지 않는 행운에 연신 고개를 숙였다.

"조지야에 있을 때 어르신은 사환인 저를 잘 대해주셨어요. 기술을 익혀서 양복을 만들어 보라고 제안하셨죠."

그때부터 장곱단은 수복 양복점 뒷방에서 일했다.

진선관에서 내건 '변사 ○명'을 뽑겠다는 광고는 경성뿐만 아니라 조선 팔도 애활가들을 진선관으로 불러들였다. 도언도 그 중 하나였다. 차례를 기다리면서 얼마 전에 끌려간 우미관 변사를 떠올렸다. 그 변사는 중간 휴식 시간에 관객 앞에 섰다. "오늘은 자유를 부르짖은 오늘이요, 활동을 기다리는 오늘이라. 우리의 맑고 뜨거운 붉은 피를 온 세상에 뿌리어 세계의 이목을 한 번 놀래켜서 세계 만국으로 하여금 우리의 존재와 우리의 정성을 깨닫게 하자!"라고 외쳤다. 곧 임석 경관에게 잡힌 그는 종로 경찰서에 구인되어 조사를 받았다.

"다음!"

도언이 변사석에 섰다. 객석 제일 앞줄에 앉은 극장주 다케시와 변사들이 수군거렸다. 나란히 앉은 변사들 가운데 윤형수가 있었다.

"여자는 안 뽑는데…… 아가씨도 변사가 되려고?"

도언은 아랫입술을 한 번 깨물었다가 억지로 미소를 지었다. 생계를 꾸려야 한다는 절박함과 변사를 하고 싶은 꿈까지 이루려면 이 곳이 꼭 필요했다.

"왜 자네여야 하지?"

윤형수가 흘러내린 안경을 고쳐 쓰며 물었다. 도언은 배에 힘을 주고 또박또박 말했다.

"첫째, 변사 약간 명을 뽑는다고 했지 남자만 뽑는다고 공고를 내지 않았습니다. 그렇다면 여자도 변사로 뽑겠다는 의미입니다. 둘째, 남자만 변사일 이유는 없습니다. 주변을 돌아보세요. 다른 나라에는 여배우들이 많습니다. 그리고 가장 중요한 세 번째가 남았습니다."

도언이 잠깐 뜸을 들이자 첫 줄에 앉아 있는 사람들이 몸을 앞으로 숙여 귀를 기울였다.

윤형수가 다시 물었다.

"세 번째가 뭐지?"

"이곳이 진선관이기 때문입니다. 진선관과 단성사, 우미관은 조선인 전용 상영관입니다. 이곳 객석의 반을 채우는 여인들에게 또 다른 희망을 줄 수 있습니다. 세 극장 중 어디에서 여인이 변사 연행을 먼저 하느냐가 남은 셈이지요. 어떻게 하시겠습니까?"

도언은 될 대로 되라는 식으로 승부수를 던졌다. 윤형수가 고개를 끄덕이더니 오른손을 크게 휘저었다.

"대본을 읽어보게."

사람들이 술렁거렸다. 윤형수가 대본을 읽으라고 한 말은 다른 사람들과 동등한 조건으로 심사하겠다는 뜻이었기 때문이다.

대본에는 남자와 여자가 이야기를 주고받는 상황이 적혀 있었다. 도언은 강약고저를 조절하면서 차분히 읽었다. 물처럼 부드러웠다가 바람처럼 휘몰아쳤다가 파도처럼 오르내리는 목소리였다. 낭독이 끝난 다음, 도언이 변사석에서 물러나자 몇 명이 박수를 쳤다. 도언은 곧장 집으로 돌아왔다.

사흘 뒤, 도언은 신문을 움켜쥐고 사랑방으로 뛰어갔다. 아버지는 여전히 책상에 앉아 있었다. 거꾸로 놓인 일한사전, 먹물이 마른 벼루에 달라붙은 붓, 뚜껑이 열린 잉크병이 어지럽게 놓여 있었다. 물건들이 제자리에 반듯하게 놓여 있던 때에는 아버지도 지금과 달랐다. 도언은 딴 사람 같은 아버지에게 말을 걸었다.

"아버지, 저 진선관에 변사로 취직했어요. 여기 신문에 합격 발표가 실렸어요. 보이세요?"

김선대가 고개를 들었다. 초점이 맞지 않는 눈은 도언이 아닌 다른 곳을 보는 듯했다. 그러다 한참 만에 도언과 눈을 마주쳤다.

"진선관에 변사로 취직했다고요. 다음 주부터 출근합니다."

아버지가 고개를 끄덕였다. 그러고는 만년필로 종이에 글씨를 쓰기 시작했다. 잉크가 말랐는지 만년필 촉이 지나간 자리에는 글씨 대신 살짝 패인 자국만 남았다.

"아버지?"

"축하한다."

도언이 경성으로 돌아온 뒤 처음 듣는 아버지 목소리였다.

"감사합니다."

사랑방을 빠져나온 도언은 턱을 들어 눈물을 삼켰다. 아버지가 정신을 차리기 시작한 청신호였다. 아직 온전하진 않지만 언젠가는 예전처럼 굳건한 모습으로 돌아올 것이다. 도언은 자신이 변사로 취직했다는 사실을 상언에게 알리고 싶었다. 보고 싶었다.

진선관에는 윤형수를 포함한 원 변사가 셋, 견습 변사가 넷 있었다. 견습 변사는 원 변사가 되기 위해 단련하는 수습 단계였다. 도언과 함께 견습 변사로 들어온 신성훈은 원 변사들 비위를 맞추려고 애를 썼다. 원 변사들이 극장에 들어서면 재떨이를 앞에 놓았고, 사환들이 하던 담배 심부름까지 도맡아 했다.

도언은 일을 빨리 익히고 싶었다. 변사 일을 익히려면 원 변사에게 배워야 하는데, 도언에게 곁을 주는 변사는 없었다. 극장은 사람들로 북적였지만 도언은 섬처럼 혼자였다.

"이대로는 안 되겠어. 뭔가 조치를 취해야겠어."

다음 날부터 일찍 출근해서 청소를 했다. 도언보다 늦게 온 사환이 당황하면서 빗자루를 뺏으려 했으나 도언은 아랑곳하지 않았다. 무대와 영사막, 변사석, 악단석, 객석, 영사실을 쓸고 닦았다. 열흘쯤 지나자 사환이 더 이상 말리지 않았다. 대신 자신이 알고 있는 일들을 도언에게 슬쩍 흘렸다.

"변사님, 혹시 영어 읽을 줄 아세요?"

"조금. 학교에서 배운 정도만 알아요."

"그럼 중국어는요?"

"읽을 수 있어요."

"사흘 뒤에 새 필름이 걸려요. 영어와 중국어로 쓴 설명 대본이 왔는데 먼저 검토하던 윤형수 변사님이 필름을 봐야 알 것 같다고 하셨어요. 이번 기회를 잡아보세요."

필름과 설명 대본은 조선 총독부에서 미리 검열을 받았는데, 군데군데 잘리고 편집되어 돌아왔다. 따라서 설명 대본을 미리 읽었더라도 편집된 필름을 보면서 다시 맞춰야 했다. 총독부에서 검열을 마친 필름을 상영 전에 틀어서 변사들과 악단이 확인했다. 이때 변사는 연행할 부분을 점검하고, 극단은 어떤 음악을 배경으로 넣을지 결정했다.

사환이 알려준 필름은 이틀 뒤 극장으로 왔다. 바로 다음 날 상영하기로 미리 광고했으므로 일정이 빡빡했다. 변사들과 악단원들이 일찍 모여 먼저 보기로 했다. 설명 대본 중에는 상세한 설명과 등장인물들이 하는 대사까지 낱낱이 적힌 경우가 있고, 종이 한 장에 상황을 대충 쓴 경우가 있었다. 이번 필름은 두 번째 경우에 해당했는데, 종이 한 장에 영어와 중국어가 반씩 섞여 있었다.

영사 기사가 필름을 돌리기 전에 설명 대본이 변사들 손에서 손으로 전해졌다.

"재밌겠군."

신성훈이 설명 대본을 쓱 훑어보고는 옆 사람에게 넘겼다. 그 옆 사람도 신성훈과 마찬가지로 빠른 속도로 보고는 다른 사람에게 넘겼다. 도언은 일곱 번째로 설명 대본을 받았는데, 윤형수 변사부터 시작해서 도언에게 오기까지 채 5분도 걸리지 않았다. 도언은 꼼꼼히 읽고 또 읽었다.

"자, 그럼 연행을 시작할까? 자꾸와 메리가 어떤 일을 벌이는지 몹시 궁금하군."

윤형수가 손을 들려고 했다. 원 변사인 윤형수가 손을 들면 그 신호를 본 사환이 변사석에 작은 등 하나만 남겨놓고 객석과 무대 불을 껐다. 그 다음은 영사 기사가 필름을 상영한다. 늘 그래왔고 이 과정에 문제를 제기하는 사람은 없었다.

그런데 도언이 손을 들었다.

"자꾸와 메리가 아닙니다."

변사들과 악단원들이 도언을 보았다.

"여성은 비비안이고, 남성은 안토니입니다. 그리고 변사님도 이미 아시겠지만 이 영화는……."

도언이 설명 대본에서 읽은 내용들을 조곤조곤 이야기했다. 윤형수가 들고 있던 쥘부채를 떨어뜨렸고, 객석 앞줄에 나란히 앉은 변사들이 수군거렸다. 도언이 부채를 주워 건네자 윤형수는 손을 떨며 받았다.

"설명 고맙네, 김도언 변사. 이제 연행해도 되겠나?"

그제서야 도언은 자신에게 쏠린 수많은 시선을 느꼈다. 얼굴이 빨갛게 달아올랐다. 상영을 시작하자, 도언은 달아오른 뺨을 두 손으로 가린 채 눈과 귀를 화면과 변사석에 고정했다.

연행이 끝나자 윤형수가 도언에게 다가갔다.

"자네, 날 따라오게."

변사들이 혀를 끌끌 찼다. 견습 변사가 주제를 모르고 날뛴다, 이래서 여자를 변사로 뽑지 말아야 했다, 갖가지 말들이 도언을 공격했다. 도언은 입술을 질끈 깨물고 윤형수를 따라갔다.

2층 사무실에 들어서자 윤형수가 도언을 마주보았다.

"오늘 내 연행, 어디가 틀렸는가?"

"네?"

"자네는 나보다 영어와 한어를 잘 읽을 뿐만 아니라 내가 틀렸다고 말할 수 있는 유일한 사람이니까. 틀렸다고 말하는 사람들을 옆에 두는 것은 큰 복이거든."

도언은 선뜻 대답할 수 없었다. 만약 윤형수가 자기 마음을 떠보기 위해 함정을 판 것이라면 섣부른 대답이 큰 화를 불러일으킬 수도 있었다.

"설명 대본에는 비비안과 안토니가 떠나려고 했던 유토피아를 강조했는데, 그 부분이 검열로 잘렸습니다. 그러니 윤 변사님이 하신 연행이 틀리거나 맞다고 말할 수 없습니다."

"유토피아가 무슨 뜻이지?"

"유토피아……. 어디에도 없는 완벽하고 평화로운 사회인 이상향입니다."

"어디에도 없다……. 조선인들이 꿈꾸면 안 되는 사회라서 잘랐을까?"

"윤 변사님, 저는 여기까지만 말할 수 있습니다. 그 너머는

각자 판단해야 합니다."

윤형수가 고개를 끄덕였다.

"알겠네. 앞으로도 종종 알려주게."

사무실에서 나온 도언은 한숨을 토했다. 창문 밖으로 아이들 세 명이 뛰어가는 모습이 보였다. 도언도 조경진과 종로통을 뛰어다녔다. 역관이 되고 싶다는 꿈을 꾸었고 전차에 몰래 매달려 타곤 했다. 돌아보니 그때가 가족들이 모두 도언이 옆에 있던, 평화로웠던 유토피아였다. 그러나 도언은 뒤돌아보는 것보다 나아가길 원했다. 도언이 바라는 유토피아는 단순했다. 임석 경관이 감시하지 않는 극장, 검열 받지 않는 필름, 변사가 하고 싶은 말을 마음껏 하는 세상이면 충분했다. 도언을 감시하는 사람이 없고, 상언과 같이 있는 세상, 단순하지만 쉽지 않아서 유토피아처럼 보이는, 도언이 바라는 꿈이었다.

도언이 새로운 꿈을 꾸는 동안 조선 총독부는 '흥행 및 흥행장 취체 규칙'을 세웠다. 극장 등 사람이 많이 모이는 장소에서 벌어지는 문화 행사들을 간섭하고 검열하겠다는 의도를 노골적으로 드러낸 것이다. 덧붙여서 '변사 자격 검정 시험'을 치러 변사들에게 면허를 발급하겠다고 했다. 변사 자격 검정 시험은 견습 변사뿐만 아니라 원 변사들까지 모두 응시해야 했다.

아직 변사석에 서지 못한 도언은 무대 뒤에서 임석 경관을 쏘아보았다. 어두운 객석 한쪽 끝에서 두리번거리는 경관은 한눈에 띄었다. 임석 경관은 관객들이 입장하는 시간, 상영 시간, 휴식 시간, 관객들이 퇴장하는 시간 등 영화를 상영하기 전부터 끝날 때까지 극장에서 모두를 지켜보았다. 한쪽 허리춤에는 곤봉을, 다른 쪽 허리춤에는 권총을 차고 있었다. 관객이나 변사, 악사들 중 누군가 동지애나 민족애를 들먹여서 극장에 있는 사람들을 선동하면 임석 경관이 곧바로 제지했다. 자신이 변사석에 서서 연행할 때도 경관은 지금처럼 매서운 눈빛으로 사방을 둘러볼 것이다. 그 눈빛에 밀리고 싶지 않았다.

객석을 돌아보던 도언이 시선을 고정했다. 짧은 머리, 남색 셔츠에 검은 바지, 마른 체격에 키가 큰 남자가 영사막을 보고 있었다. 낯이 익었는데 어디에서 만났는지 기억나지 않았다. 도언은 영화가 끝날 때까지 남자를 살폈다. 긴 머리였을 때, 두건이나 갓 또는 학생모처럼 앞머리를 가렸을 때, 양복이 아닌 다른 옷을 입었을 때를 손가락을 움직여 가리고 넓히며 가늠했다. 그러다 남자가 서 있는 순간이 영화 장면처럼 떠올랐다.

"설마……."

남자는 도언이 자신을 알아본다는 사실을 모르는 채 깔깔 웃으며 영화에 집중하고 있었다. 테이프의 마지막 권이 거의 끝나갈 무렵, 도언은 무대 뒤편으로 돌아서 분장실을 통과해 출입문 밖에 서 있었다. 상영이 끝나고 사람들이 하나둘씩 문으로 빠져나왔다. 도언은 손님들에게 인사를 건네며 눈으로는 그 남자를 찾았다. 문을 빠져나온 남자는 도언을 알아보지 못하고 지나쳤다. 도언은 남자를 쫓아 극장을 빠져나갔다. 남자가 사람들과 섞여서 잠깐 놓쳤으나 뛰다시피 걸으며 겨우 따라잡았다.

"저기요."

도언은 앞서 걷는 남자의 어깨를 툭 치고는 숨을 골랐다. 남자가 돌아섰다. 도언은 잠깐 망설였다. 이 남자가 누구인지 몰랐다. 그러나 이 남자가 어디에서 누구와 같이 있었는지는 확실히 기억났다. 이 남자를 알은 체하는 이 순간이 후회로 남을 것인지 모험이 될 것인지 선택해야 했다. 도언은 후회보다 모험을 선택했다.

"혹시…… 노재윤을 아세요?"

남자가 잠깐 머뭇거리더니 고개를 끄덕였다. 도언은 목소리를 낮췄다.

"탑골 공원에서 재윤이 형이랑 같이 있는 걸 봤어요."

남자가 고개를 돌리며 주변을 살폈다.

"누구십니까?"

도언은 오른손을 내밀었다.

"김도언입니다."

남자가 침을 꿀꺽 삼켰다. 그러고는 한 발짝 더 다가서서 아까보다 더 작은 목소리로 속삭이며 도언이 내민 손을 잡았다.

"송운기입니다."

기미년 3월, 탑골 공원에서 상언과 재윤이 옆에 있던 남자가 자기 이름을 밝혔다. 도언은 자신이 선택한 모험이 옳은 방향으로 흘러가길 바라며 맞잡은 손을 흔들었다. 상언의 흔적을 3년 만에 찾았다.

6 · 변사 김도언

변사 자격 검정 시험은 광화문통에 있는 경기도청에서 열렸다. 경기도청 앞마당과 복도에는 시험을 치러 온 사람들로 북적였다. 처음 치는 변사 자격 검정 시험인지라 경성에서 활동하는 일본인과 조선인 변사들이 시험을 기다리고 있었다.

단성사를 포함한 경성에서 활동하는 변사들이 윤형수에게 인사를 건넸다. 도언의 옆에 있는 남자가 말을 걸었다.

"아까 보니까 윤형수 변사와 같이 있던데, 아는 사이입니까?"

"저도 진선관 변사입니다."

"진선관에는 여자도 변사로 받습니까? 세상이 진짜 뒤죽박죽이네."

도언은 남자가 호들갑스럽게 뱉는 말에 무표정하게 대응했다.

"진선관이니까 가능한 일입니다. 그리고 이미 세상은 뒤죽박죽이잖아요?"

남자가 다음 말을 잇기 전에 도언은 그 자리를 떴다.

시험관으로 들어온 사람들 중에 우치다가 있었다. 우치다는 콧수염을 인중에 직사각형 모양으로 바짝 붙여서 길렀는데, 두꺼운 대모테 안경을 코에 걸치고 긴 막대를 손에 들고서 변사들을 노려보았다. 상언이 학교를 그만두는 원인을 제공했던 우치다가 변사들을 관리하는 경기도 경찰부 보안과에서 일하고 있었다.

"지금부터 변사 자격 검정 시험을 시작하겠다."

우치다가 말했다. 따라 들어온 남자가 그 말을 조선어로 옮겼다.

"지금부터 자격 검정 시험을 시작하겠습니다."

우치다가 빈정거리며 말하면, 남자는 부드럽고 정중하게 말했다. 자리에 앉아있는 사람들에게 시험지가 전달되었다.

"빠짐없이 적도록! 나, 우치다가 지켜보는 데서 허튼 짓을 했다간 다시는 변사석에 오르지 못할 거야!"

우치다가 막대기를 허공에 휘둘렀다. 회초리로 쓰면 딱 좋을 막대기가 바람을 가르면서 휘익 소리를 냈다. 도언은 움찔했고, 어떤 변사는 놀라서 연필을 떨어뜨렸다.

"시간 안에 적으시면 됩니다."

조선어로 옮기는 남자는 시험장 앞에 자리 잡은 우치다와 달리 돌아다녔다. 그러다 도언의 옆으로 와서 수험표와 도언을 뚫어지게 보았다. 수험표에는 이름과 수험 번호가 적혔고, 대리 시험을 막기 위해 증명사진을 붙였으며, 소속 극장을 쓰거나 소속이 없다는 상태까지 씌어 있었다. 도언과 눈이 마주친 남자는 피식 웃으며 자리를 떴다. 도언은 시험관도 여자가 시험을 친다고 놀리는 것 같아 기분이 상했다.

문제는 그다지 어렵지 않았지만 몇 사람이 앓는 소리를 냈다. 이야기를 능숙하게 연행하는 사람들 중에는 영화 용어를 잘 모르는 경우가 있었다. 하지만 그 사람이 자격 검정 시험을 통과하지 못한다 해도 연행 기술이 부족한 것은 아니었다. 1차 자격 검정 시험은 변사가 글을 읽느냐 못 읽느냐, 글을 읽는다면 연행할 때 어떻게 표현할 것인가를 평가했고 이는 다음 자격 검정 시험 때도 이어졌다.

시험을 마친 뒤, 도언은 진선관 근처에 있는 끽다점[1]으로 들어갔다. 미리 와 있던 운기가 들고 있던 커피 잔을 내려놓고 도언을 맞았다. 진선관에서 만난 다음부터 한 달에 한 번 혹은 두 번 정도 운기가 도언을 만나러 왔다.

"시험은 어땠어요?"

"다 쓰긴 했어요. 발표는 사흘 뒤 신문에 실린대요."

모처럼 만난 두 사람은 영화 이야기에 열을 올렸다.

운기는 일본 유학을 준비할 때 경성 기독교 청년회에서 영어 공부를 했다. 이곳에서 고보를 중퇴하고 일본으로 건너가려는 상언을 만났다. 상언은 어릴 때부터 친구였던 재윤을 운기에게 소개시켰고, 그때부터 셋이 붙어 다녔다. 셋은 부산을 거쳐 부관연락선을 타고 시모노세키에 닿은 뒤 동경까지 같이 갔다. 세이소쿠 영어 학원을 다닌 뒤, 상언은 와세다 대학 예과로, 운기와 재윤은 니혼 대학 예과로 진학했다. 기미년에 상언이 사라진 뒤 운기와 재윤은 신코 시네마 감독부에 등록해 영화 공부를 했다.

예과 공부를 마친 운기는 본과에 진학하지 않았다. 공부보다

---

[1] 찻집을 이르던 옛말.

영화에 더 빠진 운기는 영화를 만들고 싶었다. 아버지는 강력하게 반대했지만 형인 명기는 달랐다. 고등 보통학교를 중퇴하고 바로 장사를 시작한 명기는 윗뜸에 벽돌 공장을 세워 돈을 벌고 있었다. 경성에 들어서는 서양식 건물들에 벽돌을 많이 사용한다는 흐름을 읽었기 때문이었다. 명기는 자신이 돈을 벌 테니 운기에게 하고 싶은 일을 하라고 했다. 한 집안에서 누군가는 돈을 벌고, 또 누군가는 돈을 쓰면서 사는 것도 나쁘지 않다고 했다.

커피 잔을 만지작거리던 운기는 경성에서 영화 공부를 하는 사람들이 모임을 만들었다고 했다.

"부럽네요. 그 모임에서 장차 조선의 영화를 만들 사람들이 나오겠어요."

"아직 그 정도는 아닙니다."

"부족하더라도 만들었으면 좋겠어요. 조선인 상설 영화관이 있으면 뭐해요. 거기에서 상영하는 영화들이 조선인 이야기를 하던가요? '의리적 구투' 이후로 연쇄극들은 꽤 만들었지만 조선인이 만든 영화나 조선인 이야기를 하는 영화는 아직 없어요. 제대로 된 극영화에 조선인들이 나왔으면 좋겠어요."

도언이 자기 생각에 몰입하면서 눈을 감은 채 목소리를 높였다. 맞은편에 앉은 운기는 턱을 괴고 도언이 쪽으로 조금씩 몸을 내밀었다.

"상해와 만주로 빠져나간 사람들이 조선으로 들어와 자금을 모으고 있답니다."

도언이 찻잔을 들다가 멈췄다.

"그런 소문이 있답니다."

운기가 말끝을 흐렸다. 도언은 찻잔 대신 떨리는 손을 쓰다듬었다. 정면을 보고 있는 운기 눈동자가 이리저리 불안하게 흔들렸다. 운기가 두 눈을 크게 두 번 깜박인 다음 눈동자를 오른쪽으로 돌렸다. 도언이 살짝 고개를 돌려 오른쪽을 살폈다. 뒤쪽 자리에 앉은, 양미간에 사마귀가 있는 남자가 보였다. 잊을 만하면 어김없이 그가 나타났다.

"갈매기가 소식을 실어올 테니 기다려 봅시다."

바닷가에 사는 새가 경성까지 올 수는 없었다. 도언은 운기가 한 말을 곱씹었다. 바다, 바다를 건너오는 사람. 도언과 운기가 함께 알고 있는 사람 중에서 조선을 떠나 있는 사람은 노재윤과 김상언이었다. 이 중에서 소식을 실어올 사람은 재윤일 확률이 높았다. 재윤이 돌아온다, 재윤이 상언의 소식을 갖고 온다, 상언의 소식을……. 잔을 잡은 손이 덜덜 떨렸다.

운기가 천연덕스럽게 말을 이었다.

"오늘 시험 때문에 많이 긴장하셨군요."

도언이 고개를 끄덕였다. 갈매기가 실어오는 소식이 좋은 것이기를 간절히 바랐다. 상언이 남긴 문장이 문득 떠오를 때마다 엄청난 무게로 도언을 옥죄었고, 심장이 더 빨리 뛰었다. 가끔 그 문장이 가슴 한 가운데에서 꾸물거리며 머리로 올라와 입 근처를 맴돌았으나 내뱉지 않으려고 안간힘을 썼다. 무의식 중에 그 문장을 뱉을까 봐 자면서도 긴장했다. 아침에 눈을 뜨면 어깨가 뻣뻣했고 아직 내뱉지 못한 문장이 머릿속에 똬리를 튼 채 꿈틀거렸다. 상언을 직접 만나면 이런 불안함이 사라질 것 같았다.

김선대는 잉크를 넣지 않은 펜으로 글씨를 썼다. 눈을 뜨자마자 쓰기 시작해 잠들 무렵이면 종이에 철필 자국이 빼곡했다. 두꺼운 종이도 버티지 못하고 찢어졌다. 한 장 두 장 사랑방에 있던 종이가 동이 나자 도언이 쓰던 공책, 어머니가 그림을 그리려고 산 종이가 모두 김선대 손을 거쳤다.

도언은 새 종이를 사서 극장으로 향했다. 후텁지근하고 축축한 공기가 가득한 날이었다. 극장 앞에 운기가 기다리고 있었다. 붉게 충혈된 눈, 푸석푸석한 얼굴에 도언은 긴장했다.

"이렇게 이른 시간에 웬일이에요?"

"잠깐 좀 걸을까 해서요. 괜찮죠?"

도언은 종이를 사무실에 놓고 운기와 함께 걸었다. 전차가 댕댕댕 벨을 울리며 스쳐 지나갔고, 자동차와 인력거가 뒤섞여 차도를 오갔다. 골목 양옆으로 자리 잡은 점방 두 곳이 모두 문을 열지 않은 것을 발견한 운기가 골목으로 발길을 옮겼다. 도언도 양옆을 살핀 다음 운기 옆에 섰다. 운기가 골목 밖을, 도언이 골목 안을 지켜보느라 고개를 틀었고 자연스럽게 두 사람은 얼굴이 아니라 등을 가까이 댔다.

"재윤이 떠났습니다."

"절 안 보고요? 어디로 갔어요?"

"상해로 갔습니다. 그곳에서 영화를 마음껏 만들고 싶답니다."

도언이 운기 팔을 잡아당겼다. 골목 밖을 보던 운기가 몸을 돌렸다. 도언이 손을 심하게 떠는 바람에 잡힌 운기 팔이 덜덜 떨렸다.

"형 소식은 모른대요? 저한테 숨기지 말고 말씀해주세요."

"중국에서 봤다는 사람이 있답니다. 찾아보겠다고 했어요."

"다행이네요. 정말 다행이다."

도언은 다행이라는 말을 토하듯 내뱉었다. 그러나 말로 표현한 다행이 행동으로 옮겨가진 않았다. 운기는 골목 밖을 내다보는 걸 포기하고 몸을 돌렸다. 금방이라도 쓰러질 듯 창백해진 얼굴로 심하게 떨고 있는 도언을 보자 이 말을 괜히 전달했다고 후회했다. 그러나 재윤과 만났을 때부터 사라진 뒤까지, 아무리 생각하고 또 생각해도 도언이 알아야 할 일이었다. 자신이 생각하는 도언은 강단 있고 강한 사람이었다. 상언에 대한 소식을 몰라서 애면글면하기보다 어디에서 무엇을 하는지 알아야 그 다음 일을 도모할 수 있다.

"버티셔야 합니다."

도언이 대답 대신 고개를 끄덕였다.

운기는 도언에게 손을 내밀었다. 혼자가 아니라 옆에 자신이 있다는 뜻이었다. 도언은 운기 손을 잡는 대신 운기 품으로 와락 뛰어들었다. 당황한 운기는 두 팔을 벌린 채 가만히 있었다. 도언이 숨죽여 울었다. 운기가 팔을 굽혀 울고 있는 도언의 등을 토닥였다.

"옆에 있을게요."

도언이 고개를 다시 끄덕였다.

오후부터 비가 내렸다. 극장 청소를 마친 도언은 따뜻한 엽차를 한 잔 마시면서 거리를 내다보았다. 누군가는 우산을 쓰고, 누군가는 도롱이를 쓰고 지나갔다.

윤형수가 다가와 설명 대본을 건넸다.

"오늘 자네가 한 번 연행해보게. 내가 감기 기운이 있어서 목소리가 잘 안 나와. 내용은 알지?"

"네."

도언이 목소리가 떨렸다. 설명 대본뿐만 아니라 윤형수의 연행도 보았다. 그러나 보는 것과 하는 것이 얼마나 다른지 도언은 아직 경험하지 못했다. 윤형수가 도언의 어깨를 토닥이고는 돌아섰다.

그때부터 영화를 상영할 때까지, 도언은 대본을 손에서 놓지 않았다. 극장 안을 중얼거리며 서성이는 도언을 보며 신성훈이 시비를 걸었다.

"이제 첫 무대인가? 건투를 비네."

도언은 끝을 올리며 비꼬는 말을 한 귀로 듣고 한 귀로 흘렸다. 대신 실실 웃고 있는 성훈 앞에서 한쪽 발을 쿵, 강하게 굴렀다.

"그래, 맞아. 첫 연행이야. 당신이 첫 연행을 할 때 나는 손뼉을 쳤어. 그런데 당신은 왜 내 연행을 비꼬지? 나도 당신과 같은 변사야. 변사 시험 성적도 내가 더 높았고. 동료에 대한 예의는 지켰으면 좋겠어."

신성훈이 피식 웃었다.

"난 여자를 동료로 둔 적 없어."

도언도 물러서지 않았다.

"이제 보게 될 거야."

그날 저녁, 도언은 바짝 긴장한 채 변사석에 올랐다. 치마저고리를 입고 변사석에 오른 도언을 보자 객석에서 술렁거림이 일었다. 도언의 눈앞이 하얗게 변하면서, 순간적으로 앞이 잘 안 보였다. 그동안 부산, 평양, 경성에서 변사들이 하는 꽤 많은 연행을 지켜보았다. 그런데 백지처럼 아무것도 떠오르지 않았다. 아버지가 종이가 찢어질 때까지 글씨를 계속 쓰지만 보이지 않는 것처럼, 자신도 혼자 열심히 연습하고 또 했지만 변사석에 올라 아무것도 하지 못할까봐 두려웠다.

"어라, 여자네. 여자 변사도 있었나?"

객석에서 어떤 남자가 한 말이 도언의 가슴에 화살처럼 꽂혔다. 도언은 자신이 진짜 변사임을 사람들에게 당당하게 알리고 싶었다. 눈동자에 초점을 맞춘 도언은 여자 변사가 있느냐고 질문한 객석으로 시선을 고정했다. 그 말을 입 밖으로 내뱉은 사람은 한 명이었지만 도언을 쏘아보는 수많은 눈빛들 또한 같은 질문을 담고 있었다. 도언은 집게손가락으로 관자놀이를 톡톡 두드렸다. 침착하자, 침착해. 자신에게 주문을 걸었다.

"저 분은 여자이면서 변사 맞습니다. 변사석에 올라 있잖습니까?"

익숙한 목소리가 뒤편에서 울렸다. 아침에 떨고 있던 자신을 토닥인 사람이 아직 집으로 돌아가지 않았다. 도언은 심호흡을 했다.

"네, 인사 올립니다. 진선관 변사, 김도언입니다. 오늘이 제 첫 연행입니다. 이런 영광스러운 자리에 함께 하신 여러분들에게 감사드립니다. '월하의 맹서'[1]입니다."

도언은 물 흐르듯 자연스럽게 연행을 시작했다. 객석이나 무대 뒤가 아닌 변사석에서 바라보는 영화는 약간 달랐다. 영사막에 비친 화면이 찌그러지거나 크기가 왜곡되게 보였다. 큰 화면을 바로 옆에서 지켜본 까닭이었다. 처음에는 달라진 시각 때문에 당황했으나 곧 그 문제도 받아들였다. 도언은 오직 연행에 집중했다. 자신이 정말 하고 싶었던 일이었고 몇 년을 벼르던 일이었다.

한 영화에 필름 여러 롤을 갈아 끼면서 상영해야 하므로 빈 시간에 악극단이 연주를 하거나 노래를 불렀는데, 오늘따라 악극단의 연주가 근사했다. 도언에게만 그렇게 들린 것이 아니라 객석에서도 반응이 좋았고, 한 곡을 더 연주해달라는 요청까지

---

1) 한국 영화 사상 최초의 극영화로 연극계 윤백남이 자신이 이끌던 민중극단 단원들을 동원하여 1923년 4월 9일에 개봉하였다. 이 영화는 저축을 장려하기 위한 계몽 영화로서 조선 총독부 체신국에서 제작하였다. 〈월하의 맹세〉와 같은 말이다.

나왔다.

연행이 끝나자 부인석 맨 앞에 앉은 기생들이 일어나 손뼉을 쳤다. 그들은 도언이 연행할 때 가장 많이 웃고 울었던 사람들이었다.

"멋진 연행이었어요!"

"드디어 조선에도 여자 변사가 생겼어!"

부인들과 여자아이들도 도언의 첫 연행을 축하했다. 그러나 남자들은 조금 달랐다. 여자가 변사까지 한다며 혀를 차거나, 말세라고 큰 소리로 투덜거리는 사람들도 있었다. 그들에게 변사는 언제나 남자여야 했다.

도언은 퇴장하는 사람들을 하나씩 살폈다. 운기가 출입구 쪽으로 다가오고 있었다. 도언이 다가가려는 순간, 객석 끝 통로에서 연행을 지켜보았던 신성훈이 다가왔다.

"제법 하던 걸? 목소리도 괜찮고. 여자 흉내가 제법이었어."

연행을 끝내고 여유를 찾은 도언은 신성훈의 말에 반박했다.

"고마워. 그리고 여자 흉내라니, 난 여자야."

"그런데 꼭 남자로 살아본 것처럼 남자 흉내가 제대로던데."

도언은 헛기침을 하며 성훈을 지나쳤다. 성훈이 한 말에 반박을 할 수 없었고, 거짓말을 하고 싶지 않았다. 도언이 운기와 마주치려는 순간, 이번에는 윤형수가 다가왔.

"축하하네. 첫 연행이 아주 훌륭했어. 앞으로도 많이 기대하겠네."

"감사합니다. 좀 많이 늦어졌죠. 몸은 괜찮으신가요?"

"아, 아…… 괜찮아. 내일이면 더 괜찮겠지."

윤형수의 목소리는 어제와 마찬가지로 카랑카랑하고 또렷했다. 도언은 자신의 첫 연행을 위해 윤형수가 감기를 핑계대고 한 발짝 물러섰음을 눈치챘다.

"감사했습니다."

윤형수가 가짜 기침을 하면서 자리를 떴다. 운기는 보이지 않았다. 막간에 한 악극단 연주가 길어 평소보다 늦게 끝났고, 운기가 막차를 놓쳤을까봐 조바심이 일었다. 도언이 상언을 걱정하고 있음을 눈치챈 마음 씁쓸이도 그렇거니와 그 사실을 알리려고 아침 일찍부터 자신을 기다렸고, 떨고 있는 자신에게 손을 내민 사람이었다. 도언은 운기를 안았던 순간을 떠올리며 발갛게 달아오르는 두 뺨을 손으로 가렸다.

"고마웠어요."

후회 없는 하루였다.

7 · 불탄 극장

시간은 망각을 품은 약이 되기도 하고, 절망을 거듭하는 고뇌가 되기도 한다. 도언에게 시간은 절망을 쌓고 넓히는 단위였다. 끝없이 높고 넓었던 절망이 운기를 만나면 조금씩 낮아지고 좁아졌다. 떠난 사람을 그리워하는 운기와 도언은 예전보다 더 자주 만났다. 재윤이 운기에게 보낸 편지에는 온통 영화 이야기로 가득했다. 상해는 조계 지역을 중심으로 영화가 발달하고 있고, 함께 작업할 사람들도 꽤 있다고 했다.

도언은 그동안 진선관에서 연행을 세 번 했다. 세 번 중 한 번은 윤형수가 감기 핑계를 댔고, 한 번은 전날 극장에서 싸움이 벌어져 원 변사가 연행을 거부했고, 또 한 번은 설명 대본이 영어로 길게 써 있어 내용을 파악하기 힘들다며 원 변사들이 거부하는 바람에 맡았다. 그 사이 신성훈은 원 변사로 올라섰다. 도언은 여전히 견습 변사였다.

바깥출입을 하지 않는 김선대가 유일하게 만나는 사람은 김동혁뿐이었다. 김선대가 제정신이 아니라는 소문은 경성에 파다하게 퍼졌다. 황실과 가장 가까웠던 역관이 정신을 놓은 이유로 사람들은 여러 가지를 추측했다. 갑자기 사라진 큰 아이, 세상을 떠난 아내, 유명무실해진 황실 등 이유는 다양했다. 그러나 남들에겐 넋이 나간 사람일지라도 도언에겐 곁에 있는 가족이었고 버팀목이었다. 극장에서 허드렛일을 하고 파김치가 되어 돌아왔을 때, 도언은 환하게 불이 켜진 사랑방을 보며 스스로를 북돋았다. 자신이 정신을 바짝 차리고 아버지와 상언을 지켜야 했다. 그러다 보니 늘 긴장한 상태로 하루를 보냈고, 잠을 잘 때도 그 긴장을 놓지 않았다. 아침마다 몸이 천근만근 무거웠고, 극장으로 묵직한 다리를 끌고 출근했다.

어느 날, 사환 대신 조선 총독부에 서류를 내러 간 도언에게 어떤 남자가 말을 걸었다. 변사 자격 검정 시험 때 우치다가 하던 반말을 높임말로 바꿔 말하던 조선인이었다.

"진선관 변사 김도언 씨죠? 저는 조경진이라고 합니다."

그 이름을 듣는 순간 도언이 눈을 번쩍 떴다.

"조경진? 천야서당에 다니던 조경진?"

남자가 당황했다.

"한 번도 네가 여자라고 생각하지 않았는데 진짜였구나."

"너야말로 조선 총독부에 취직했으리라고는 상상 못했어."

"문화 통치[1] 때 조선인들을 관리로 대거 뽑으면서 나까지 들어왔지."

도언과 경진은 가볍게 악수를 했다. 그 뒤로 경진이 여러 번 진선관에 들렀다. 경진이 진선관에 나타나면 임석 경관과 알은체했고, 변사들은 경진이 도언과 친구라는 사실에 놀라워했다.

진선관 바닥에는 나무가 깔려 있어서 걸음을 옮길 때마다 삐걱거리는 소리가 크게 울렸다. 신성훈은 연행에 거슬린다며 투덜거렸지만 도언은 그 소리가 좋았다. 누가 오는지 신경을 덜 써도 괜찮았고, 극장이 도언에게 친구처럼 말을 거는 것 같았다. 삐걱, 상언은 괜찮을 거야, 삐걱, 도언아 힘내, 삐걱, 너는 훌륭한 변사가 될 거야, 삐걱, 괜찮아, 삐걱, 괜찮아.

---

[1] 일본이 3·1 운동 이후 실행한 식민지 통치 방식. 식민지를 무력과 강압만으로 지배하기는 어렵다는 것을 깨달은 일본이 겉으로는 일부 자치를 허용하는 것처럼 포장하되, 내부적으로는 더 가혹한 방법으로 우리 민족을 탄압했다.

덥고 후텁지근한 날이 며칠째 이어졌다. 우물에서 길어올린 물도 돌아서면 뜨뜻해졌고, 몇 걸음 만에 옷이 땀으로 젖었다. 관객들이 모인 극장 안은 후끈한 열기가 가득했고 화장실 냄새가 객석 안까지 풍겼다. 거기에 담배 냄새까지 더해져 불쾌한 냄새가 가득했다.

도언은 윤형수 변사의 연행을 지켜보면서 몇 번이나 부채를 펼치고 싶었으나 꾹 참았다. 부채를 부치면 자신은 시원하겠지만, 무더위에도 어김없이 두루마기를 입고 연행을 하는 윤형수에게 더위를 느끼게 하고 싶진 않았다. 그러다 보니 비 오듯 흐르는 땀을 고스란히 옷으로 받았다. 연행이 거의 끝나갈 무렵, 극장 뒤편에서 연기가 피어올랐다. 땀과 담배, 화장실 냄새를 뛰어넘는 고약한 냄새와 함께 비명이 터졌다.

"불이야!"

변사와 관객들을 감시하던 임석 경관은 호각을 세게 불었다.

"문으로 얼른! 빨리!"

당황한 관객들은 허둥지둥 문으로 몰려들었고, 경관이 호각을 불면서 곤봉을 휘둘러 출입문에 엉키는 사람들을 제어했다. 변사들과 영사 기사, 무대 뒤에 있던 사람들까지 모두 문으로 모였다. 악기를 함께 들고 나오는 악단이 가장 뒤처졌는데, 손풍금을 연주하는 최 씨가 악보를 안 챙겼다고 돌아섰다.

"제가 챙길 테니 얼른 나가세요!"

도언은 최 씨 등을 떠밀며 악단석으로 뛰었다. 영사실을 덮친 불길이 벌써 객석으로 넘실거렸고, 연기가 극장 안을 뒤덮었다. 도언은 콜록거리며 악보를 챙겼고, 마지막으로 변사석으로 뛰어올랐다. 변사석 강연대에 놓인 종이 뭉치와 부채를 챙겼다. 연기가 도언의 목과 눈을 강타했고, 온몸이 뜨거웠다. 도언은 있는 힘을 다해 문으로 뛰었다.

불길은 삽시간에 진선관을 뒤덮었고 무사히 극장을 빠져나온 사람들은 불길에 휩싸인 극장을 바라보았다.

"이 일을 어째, 이 일을!"

극장 주인인 다케시가 발을 동동 굴렀다. 주변 상인들이 물동이를 들고 나와 불붙은 극장에 뿌렸다. 잠깐 주춤하던 불길이 다시 타올랐다.

콜록거리며 엎드린 도언에게 누군가 등을 두드렸다. 경진이었다.

"괜찮아?"

도언이 입을 열었으나 말이 잘 나오지 않았다. 계속 기침이 나왔다. 경진이 등을 토닥이며 조용히 속삭였다.

"상언이 형이 상해에 있다더라."

도언이 움찔하며 고개를 돌렸다.

"우치다와 경무가 나누는 이야기를 슬쩍 들었어. 그 이상은 나도 몰라."

도언은 몸을 돌리지 않은 채 조용히 대답했다.

"고마워."

그 사이에 극장이 화르륵 마지막 불꽃을 남기고 주저앉았다. 잿더미가 된 극장 앞에서 다케시가 통곡했다. 그 옆에서 변사들과 악단원들, 영사 기사와 사환도 울었다. 그들에게 극장은 쌀과 반찬, 땔감과 옷을 살 수 있는 생계였다. 당장 도언도 세 식구가 먹고 살 궁리를 해야 했다. 극장이 사라지는 괴로운 날에 상언의 소식을 들었다. 도언은 당분간 상언을 덜 걱정하기로 했다. 무사하다니 다행이고, 재윤과 소식이 닿을 것이다.

도언은 잿더미가 된 극장을 보며 일어났다. 연기 속에서 찾아낸 악보를 최 씨에게 건네고, 윤형수 변사에게는 부채와 종이 뭉치를 건넸다.

"자네……."

"다음에도 쓰셔야죠."

도언은 뒤돌아섰다. 사라진 극장을 보며 슬퍼할 겨를이 없었다. 그 길로 곧장 곱단이 일하고 있는 수복 양복점으로 갔다. 그러나 옷과 몸 곳곳에 밴 나무 타는 냄새와 그을음 때문에 들어갈 수 없었다. 도언은 한참을 서성였다. 낯선 사람이 서성이는 걸 본 박상현이 문을 열고 나왔다.

"누구신데……. 맙소사, 왜 이래요?"

"곱단 이모를 불러주세요."

목소리가 쩍쩍 갈라졌고 목이 아팠다. 상현은 수복 양복점이 쩌렁쩌렁하게 울릴 정도로 크게 곱단을 불렀다.

"그리고 소창[1]에 물 묻혀서 가져오세요. 얼른요!"

상현이 들어오라고 손짓했지만 도언은 양복에 냄새가 밸까 봐 거절했다. 그러자 상현이 등받이가 없는 나무 의자를 가지고 나왔다. 의자에 걸터앉은 도언에게 상현이 물을 건넸다. 생각과 달리 물이 잘 넘어가지 않았다. 사레가 들려 콜록거리는 도언을 보며 상현이 안절부절못했다. 흰 소창에 물을 묻혀 들고 나온 곱단이 외마디 비명을 질렀다.

"세상에, 무슨 일이야?"

곱단은 도언의 얼굴을 서둘러 닦았다. 묻어 있던 검댕이 물에 섞여 검은 물방울이 뚝뚝 떨어졌다. 곱단이 가져온 소창은 금세 까맣게 변했다. 다시 빨아오겠다며 양복점 안으로 들어가려는 곱단의 손을 도언이 붙잡았다.

---

1) 이불의 안감이나 기저귓감 따위로 쓰는 피륙.

"형이, 무사하대요. 그렇대요……."

도언이 고장 난 축음기처럼 같은 말을 연신 반복했고, 곱단은 주저앉았다. 곱단이 훌쩍훌쩍 울기 시작했다.

"다행이야. 정말……."

곱단도 축음기판이 튀듯 같은 말을 반복했다. 큰길가에 주저앉아 펑펑 우는 여자와 작은 나무 의자에 걸터앉아 중얼거리는 여자, 땀에 젖은 셔츠 바람으로 두 여자에게 연신 부채질을 하는 남자. 지나가던 사람들은 두 여자와 한 남자가 서로 싸우는 상황인 줄 알고 멈춰 섰다가 온통 검댕을 뒤집어쓴 도언을 보고는 더욱 의아해했다. 둘러선 사람 중에 누군가 도언을 알아보았다.

"저 분은 변사잖아. 참 맛깔나게 연행하던 분이었는데 극장이 불타서 어쩌누."

그때까지 꾹 참았던 도언의 눈물이 터졌다. 하필 극장이 불에 탄 날, 세 번밖에 하지 않은 연행을 알아주는 사람을 처음 만났고 상언이 무사하다는 소식을 들었다. 기쁨과 서러움이 눈물을 타고 동시에 흘러내렸다.

그날 김선대가 쓰던 마지막 펜촉이 망가졌다.

불탄 극장은 2층 벽돌 건물로 다시 짓기로 했고, 송명기의 벽돌 공장이 벽돌과 시공을 맡았다. 양주 윗뜸에서 경성으로 자주 오가던 명기는 아예 집을 한 채 얻었다. 명기는 그 집에 머물다가 윗뜸으로 가끔 내려갔고, 동생인 운기가 그 집에서 살았다.

 극장을 다시 짓는 사이에 변사들은 다른 극장에서 일했다. 윤형수는 곧바로 단성사로 옮겨갔고, 신성훈은 우미관에 자리잡았다. 그러나 도언을 쓰겠다는 극장은 없었다. 도언은 중앙극장에 들어가서 사환처럼 허드렛일을 했다. 새벽에 곱단과 함께 풀을 쒔고, 묽게 쑨 풀을 통에 넣어 극장으로 가져갔다. 그런 다음 사환과 함께 거리 곳곳으로 포스터를 붙이러 다녔다. 극장을 청소하고 매표소에서 표를 팔았다. 견습 변사로 있을 때보다 급료가 적었기 때문에 저녁에는 상자를 접었다. 처음에는 두 개밖에 못 접었지만 나중에는 스무 개 넘게 접었다. 때로는 끼니를 거른 채 상자를 접어 곱단이 그만하라고 말려야 했다.

 갖고 있던 펜촉 다섯 개가 모두 망가지자 도언은 아버지가 더 이상 글씨를 쓰지 않을 것이라 생각했다. 그러나 김선대는 그 예상을 가볍게 뛰어넘어, 먹이 묻지 않은 붓으로 사방에 글씨를 썼다.

 "아버지, 무슨 글을 쓰고 싶으세요?"

김선대는 여전히 말이 없었다. 도언은 아버지에게 두런두런 이야기를 털어놓았다. 어젯밤에 상자를 스물두 개 접었고, 당꼬바지에 도리우찌 모자를 쓴 사람들이 집 근처를 배회하는 횟수가 줄었으며 쌀값이 올랐다고 했다.

도언은 김선대가 쓰고 있는 붓에 눈길을 고정시켰다. 휘어진 획과 끊어지지 않고 이어지는 모양새가 영어 필기체에 가까웠다. 그동안 한어를 주로 쓰는 것 같았는데, 이번에는 영어였다. 도언이 말수를 줄이고 글자에 집중했다. 곧 몇 글자를 알아보았다. 도언이 글자에 집중하자 김선대가 글자를 빨리 쓰기 시작했다. 도언은 양미간을 찌푸리며 여전히 글자를 좇았다. 문장이 아니라 단어들이 붓 끝에서 종이로 옮겨졌으나 색이 입혀지지 않은 글자를 보기 힘들었다.

"상언이는……."

김선대가 붓을 책상에 대고 쓰면서 물었다. 도언에게 상언이 소식을 물은 것은 처음이었다.

"지금 중국에 있……. 아버지?"

도언이 목소리를 낮추었다. 아버지가 끊임없이 쓰고 있는 글자를 알아보았기 때문이다. 가슴이 쿵쿵 뛰었다.

"무사하다니 됐다."

도언은 고개를 숙이고 사랑방을 빠져나왔다. 상언의 행방을 캐는 일본 경찰이 수시로 사랑방을 찾아와 아버지가 제정신인지 확인했다. 지금 아버지가 쓰고 있는 글자를 알아차렸다면 큰 사단이 났을 것이다. 언제부터 저런 글씨를 썼는지 확인해야 했다.

곱단은 김선대가 그동안 글을 쓴 종이를 치웠느냐는 도언의 채근에 눈을 동그랗게 떴다.

"이모, 급해요."

곱단이 다락에서 큰 상자를 꺼냈다. 도언이 접다가 실수로 풀을 쏟아 얼룩이 진 상자였다. 그 상자에 종이가 가득했다. 화선지, 갱지, 양지 등의 종이는 잉크를 묻히지 않고 그은 철필 자국으로 찢어지고 너덜너덜했다.

"땔감으로 쓸까 하다가 무슨 글자를 쓰시는지 궁금해서……."

도언은 심하게 찢어진 화선지와 갱지를 불빛에 비췄다. 너덜거리는 화선지에도 곡선과 이어지는 부분을 확인할 수 있었다. 그러나 종이 한 장에 여러 번 덧쓴 글자라 무슨 글자인지 알아보기 힘들었다. 양지는 조금 두꺼워서 원래 모양이 드러나는 글자들이 드문드문 보였다. 도언은 양미간을 찌푸리고 뚫어지게 흔적을 따라갔다.

"맙소사!"

"왜, 무슨 글자야?"

"아, 아녜요. 이, 읽을 수가 없어서……. 이모, 이 종이들 모두 아궁이에 태워야 해요."

도언은 떨리는 손으로 종이를 그러모아 아궁이에 넣었다. 한 장도 빠짐없이 태우려는 도언을 살피더니 곱단도 새파랗게 질려 종이를 뭉텅이로 아궁이에 던졌다.

도언은 비틀거리며 방으로 돌아왔다. 아버지가 쓰고 있는 글자들은 하나씩 떼어놓고 보면 별 의미가 없었으나, 상언이 남긴 암호처럼 앞글자들만 따서 재배열하면 한 단어가 되었다. 'Independence', 독립이었다.

"도대체……."

아버지와 상언이 같은 뜻을 향해 움직이고 있었다. 온몸이 떨렸다.

진선관이 재개관했다. 다시 진선관에 취직한 도언은 〈전함 뽀쫌낀〉[1] 필름과 함께 딸려온 설명 대본을 읽었다. 설명 대본에는 일본어와 영어가 같이 적혔는데, 일본어 설명 대본에는

---

1) 세르게이 에이젠쉬타인 감독의 영화 〈전함 포템킨〉. 당시 표기로는 '쎄르게이 에이젠쉬쩨인, 쏘비에뜨'라고 썼다.

소비에트에서 대유행인 영화라는 간략한 설명만 있었고 영어 설명 대본은 길었다. 도언은 아버지가 쓰던 영어사전을 옆에 놓고 모르는 단어들을 찾아가며 영어 설명 대본을 해석했다. 정확하진 않지만 이런 내용일 것이라고 도언이 설명하자 변사들이 끙 앓는 소리를 내며 손사레를 쳤다.

"말하자면 혁명을 다루는 영화네요. 다른 나라에서 유행한다고 이런 걸 어떻게 연행합니까? 버젓이 임석 경관이 버티고 있는데."

신성훈이 투덜거렸다. 다같이 한 발씩 물러난 상황에서 도언은 난감한 표정을 지었다. 아직 필름을 영사하기 전이지만 어떤 영화인지 궁금했다. 원 변사들이 눈치를 본다는 소식에 다케시까지 달려왔다.

"정말 할 사람이 없소?"

윤형수를 포함한 다른 변사들이 쭈뼛거렸다. 도언이 슬그머니 오른손을 들었다.

"제가 하겠습니다."

아무도 반대하지 않았다.

변사석에 선 도언은 최대한 말을 아꼈다. 어떤 연행에는 설명과 대사가 충분해야 하지만 이번에는 경우가 달랐다. 군인들과 싸우는 사람들을 설명하다가 말 한마디만 실수해도 임석 경관에게 끌려갈 수 있었다. 악극단장에게 미리 부탁한 빠르고 긴장감 넘치는 음악은 영상과 잘 어우러졌고, 큰 사고 없이 연행이 끝났다. 지금까지 본 영화와 장면 전환 방식이 달랐으며, 오뎃사의 계단에서 무장한 군인들이 시민들을 향해 총을 쏘는 장면에서는 흥분을 감추기 힘들었다. 특히 총탄이 쏟아지는 계단에서 굴러 떨어지는 유모차를 보면서 주먹을 꼭 쥐었다. 도언은 영상이 주는 힘에 큰 감동을 받았다.

1926년, 극장가에는 '말하는 활동사진'을 곧 볼 수 있다는 소식에 들떴다. 2월 26일과 27일, 이틀 동안 경성 공회당에서 매일신보사 주최로 리 디포리스트[1]의 포노필름[2]이 상영되었을 때 사람들은 흥분했다. 뒤이어 3월에 우미관에서 포노필름을 상영했을 때 문전성시를 이루었다.

"그래봤자야. 영사기도 비싸고 사람 목소리가 아니라 배경 음악으로 소리가 약간 들어갔을 뿐인데 뭐가 신기하다고 난리람."

---

1) 리 디포리스트(Lee de Forest)는 미국의 발명가이며, 오디온 진공관을 발명하여 라디오 생방송을 가능하게 했다. 이는 1947년에 트랜지스터가 발명되기 전까지 모든 라디오, 전화, 레이더, 텔레비전, 컴퓨터 시스템의 주요 부품으로 이용되었다.

2) 리 디포리스트가 개발한 포노필름(phono-film)은 음성 기록 필름식 광학 기록 시스템이다. 몇 년 후 영화 산업이 이 시스템과 유사한 음성 기록 필름을 사용하는 발성 영화로 변화된다.

신성훈이 투덜거렸다.

"어쩌면 우리 생각보다 훨씬 빨리 필름이 모든 소리를 낼 수도 있어. 그러면 우리가 설 자리가 줄어들겠지."

도언이 심각한 표정으로 내뱉는 말에 신성훈은 콧방귀를 뀌었다.

변사들은 연행할 순서표를 보면서 당장 해야 할 일들에 집중했다. 그러나 도언은 변화하는 영화 환경을 불안하게 바라보았다. 세상은 도언보다 두어 발짝 앞서 나갔고, 도언은 아직 변사로 자리 잡지 못한 자신이 변화를 따라잡지 못할까봐 두려웠다.

4월 26일, 허리에 방울을 단 소년들이 호외를 뿌렸다.

"호외요, 호외!"

창덕궁에 머물던 왕[1]이 승하했다는 소식이었다. 아버지 고종과 함께 한일병탄을 겪었고, 황제였다가 왕으로 격하되었고, 경복궁에서 창덕궁으로 쫓겨났고, 3년간 황제였다가 나라를 잃으면서 왕으로 격하되어 이왕으로 불리던 사람이었다. 조선인들이 운영하는 점방은 일찍 문을 닫았다. 진선관도 며칠 극장 문을 닫았다.

---

1) 순종.

아침 문안을 하러 사랑방에 간 도언은 책상에 엎드린 채 자고 있는 김선대를 발견했다. 김선대는 붓을 쥐지 않은 손으로 가슴을 부여잡고 있었다. 도언이 외마디 비명을 지르자 출근 준비를 하던 곱단이 사랑방으로 건너왔다.

"이미 떠나셨다."

도언과 곱단이 김선대를 책상에서 떼어내 이부자리에 눕혔다. 굽은 팔다리를 오래 주물러서 펴고 부릅뜬 눈을 감겼다.

일본 경찰들이 김선대가 사망한 원인을 알아내고 조사를 한답시고 집안을 들쑤셨다. 도언을 감시하던 사람 중에 한 사람이 끼어 있었다. 양미간에 난 사마귀, 쇳소리처럼 신경을 거슬리는 목소리, 그는 자신을 이철만 경무라고 소개했다. 함께 온 의사가 사인을 확정했다.

"심장마비입니다. 약물 복용을 한 흔적도, 외부 침입 흔적도 없습니다."

"김선대가 불령선인[1]들에게 자금을 댔다는 첩보가 있다. 바른대로 대라."

---

1) 일제 강점기에 불온하고 불량한 조선 사람이라는 뜻으로, 일본 제국주의자들이 자신들의 명령을 따르지 않는 한국 사람을 이르던 말.

"저는 모릅니다."

도언은 평정심을 잃지 않으려고 무진 애를 썼다. 손가락과 눈빛을 흔들림 없이 유지하기 위해 최근에 연행했던 대본을 계속 생각했다. 경찰들이 물러간 뒤, 곱단이 도언에게 따뜻한 차를 주었다. 그때까지 울지 않던 도언은 찻물 한 모금에 눈물을 흘렸다.

"어디에 있었어요?"

"어르신 책장에. 책에 가려져 있었는데, 경찰들이 헤집는 바람에 찾았어."

도언은 향이 날아간 차에 코를 가까이 댔다. 고종 황제가 하사한 차를 치우면서 도언을 응원하던 아버지였다.

한밤중에 오른발을 절뚝이며 노인이 문지방을 넘었다. 문상객들을 맞던 도언이 한달음에 달려갔다.

"훈장님이 어쩐 일이십니까?"

"친우가 떠나는 길에 당연히 와야지."

김동혁은 3·1 만세 운동 때 끌려가던 학생을 보호하려다 기마 경찰이 탄 말에 발길질을 당했다. 넘어진 김동혁 위로 말이 지나갔고, 곧이어 경찰들의 몽둥이가 온몸을 두드렸다. 피투성이가 된 그는 겨우 살아남았으나 오른발을 크게 다쳤다.

향을 올린 김동혁은 두 번 절을 올리고 도언과 곱단에게 맞절을 했다. 그러고는 도언이 손을 잡았다.

"쩡쉰이 안부를 전하라더라."

도언은 눈을 깜박였다. 쩡쉰. 쩡 대인? 김동혁이 왼손으로 도언의 손을 감쌌다.

"그 녀석이 워낙 마당발이라 이곳저곳 다 닿는 모양이더라. 널 보고 싶다던데, 듣자하니 삼일동자라는 책방을 냈다 하더라."

도언의 눈앞이 새하얗게 변했다. 삼일동자는 사흘 동안 공부해서 고보에 들어간 상언의 별명이었다.

"아버지도 책방을 아셨어요?"

"알다마다. 네 어머니도 알았지. 패물을 팔아서 책방 자금을 대셨으니까."

도언이 참았던 눈물을 흘렸다. 어머니 패물이 사라진 이유를 이제야 알았다. 아버지도 상언이 어디 있는지 알고 있었다. 하지만 도언에게 알리지 않았다. 돌이켜 보면 이상한 점이 한두 가지가 아니었다. 계속 글씨를 쓰다가 상언이 소식을 접할 때만 반짝 제정신으로 돌아오는 것 같았는데, 긴장한 채로 상언을 숨기고 살다가 누군가 상언을 보았다고 할 때만 그 긴장을 내려놓았던 것이었다. 도언은 아버지가 원망스러웠고, 자신이 미웠다. 아버지가 상언을 숨기려는 마음은 이해할 수 있지만, 자신과 왜 함께 하지 않았는지 따지고 싶었다.

"사흘 후, 날 찾아오너라. 채비는 가벼워야 한다."

김동혁이 술잔을 들어 한입에 마셨다.

도언은 작은 짐가방과 여비를 챙겼고, 곱단에게만 행선지를 알렸다. 운기가 마음에 걸렸다. 김선대가 세상을 떠난 날부터 운기는 매일 도언을 찾아왔다. 때로는 상언처럼, 때로는 재윤처럼 도언이 옆을 지켰다. 그러나 자신이 떠나는 길은 위험을 각오해야 했다. 운기를 끌어들일 수 없었다.

약속한 날, 동이 트기 전에 도언은 천야서당 문을 두드렸다.

"도언입니다."

김동혁이 문을 열었다. 그는 기차표 한 장과 신의주역에서 접촉할 사람의 특징을 알려주었다.

"네 아버지와 상언이 무슨 일을 하는지 나조차 알지 못한다. 하지만 그 둘은 한결같이 네가 끼어들지 않기를 바랐어. 아마 쩡 대인이 단서를 갖고 있을 게다."

"그랬군요."

"내가 연락책이었다. 쩡 대인이 서신을 인편에 보내면 내가 그 내용을 선대에게 알렸지. 그런데 도언아, 지금 기차를 타고 쩡 대인에게 가는 순간부터 너는 김도언으로 살던 삶을 포기해야 한다. 이제부터 너 혼자 버텨야 해. 모든 것이 달라질 수 있다. 그러니 지금 돌아서도 좋다."

도언이 가방을 들고 일어났다.

"지금처럼 하고 싶은 말을 못하고 살 바에는 힘들고 불편하더라도 달라지길 원합니다. 그리고 두 사람이 했던 일이 제게 해를 끼칠 리 없습니다. 고달프고 힘들더라도 결국 옳은 길일 겁니다."

도언은 조용히 서당을 빠져나왔다. 큰길가에서 도언이 바라본 마지막 모습은 광화문을 옮기고 그 자리에 들어설 새 조선 총독부 청사를 짓는 공사 현장이었다. 근정전[1]을 막아선 서양식 건물은 지금의 조선을 잘 보여주는 장면이었다. 다음에 경성으로 돌아온다면 준공된 조선 총독부 청사를 보게 될 것이다.

그리운 사람이 눈앞을 스쳐 지나갔다. 곱단, 윤형수, 운기……. 눈물이 고였다. 하지만 향이 사라진 찻잎을 치웠던 아버지처럼 이제 도언이 움직여야 할 때였다. 도언은 몸을 휙 돌려 씩씩하게 발을 내딛었다.

---

1) 경복궁의 중심이 되는 정전이며 조선 왕실을 상징하는 건축물. 역대 국왕의 즉위식이나 대례 등이 거행되었다.

8 · 변사 스텔라

도언은 마음을 졸였다. 신의주까지 가는 길은 어렵지 않았으나 첫 관문인 압록강을 건너는 일이 만만치 않았다. 김동혁이 소개해준 사람은 조심스럽게 움직였다.

"몇 년 전까지 임정[1]이 가동했던 연통제[2]와 이륭양행[3]이 발

---

1) '대한민국 임시 정부'를 줄여 이르는 말.

2) 대한민국 임시 정부의 국내외 업무 연락을 위한 지하 비밀 행정 조직.

3) 아일랜드 출신의 영국인이자, 한국의 독립 운동을 적극적으로 지원해준 조지 루이스 쇼가 중국 안동현에 세운 무역 회사. 대한민국 임시 정부는 쇼의 도움으로 치외법권 지역에 위치한 이륭양행 안에 교통 사무국을 설치했으며, 그의 기선으로 무기·출판물·자금 등을 운송했다.

각되는 바람에 국경을 넘는 일이 만만치 않습니다."

그가 마련한 여행증에는 조선인 김도언이 아니라 중국인 쩡루이쩐이라는 이름이 찍혀 있었다. 아직 루이쩐이 중국으로 건너가지 않고 조선에 있는 모양이었다. 루이쩐은 방황하는 도언에게 곁을 내준, 첫 중국인 친구였다. 도언은 중국인 복장으로 마차를 타고 압록강 철교로 향했다. 철교를 지키던 헌병대가 묻는 말에 중국인 마부와 도언이 중국어로 대답하자 어렵지 않게 통과했다. 첫 관문을 넘은 도언은 단동에서 기차를 탔고, 그 뒤로 몇 번을 더 갈아탔다. 상해에 도착할 때까지 꼬박 열흘이 걸렸다.

아편 전쟁에 진 청나라가 복주, 광주 등 여러 항구를 개방했을 때 덩달아 열린 상해에는 외국인 거주 지역인 조계[1]가 있었다. 이 지역에서는 외국이 행정권과 경찰권을 행사했는데, 상해에는 영국인 조계, 프랑스 조계, 일본과 미국을 포함한 공공 국제 조계가 있었다. 프랑스 조계에는 1919년에 들어선 대한민국 임시 정부가 있었고, 독립 운동을 하는 조선인들이 이곳으

---

1) 주로 개항장(開港場)에 외국인이 자유로이 통상 거주하며 치외법권을 누릴 수 있도록 설정한 구역.

로 모여들었다. 상해뿐만 아니라 만주와 연해주 혹은 또 다른 중국의 도시에도 독립 운동을 하는 조선인들이 활동하고 있었다. 상해 조계의 치안은 프랑스 경찰이 맡았다. 임시 정부는 프랑스 경찰과 좋은 관계를 유지하고 있었으므로 일본도 이 지역을 함부로 침범하지 않았다. 조선인들은 프랑스 조계에서는 자유롭게 생활했으나 그 외 지역에서는 몸을 사려야 했다. 일본은 눈엣가시 같은 임시 정부 요원들을 조계 밖으로 불러내려고 일을 꾸미곤 했다.

도언은 쩡쉰을 찾아갔다. 쩡쉰은 도언에게 상해 중국 농업 은행 당좌[1] 증서를 내밀었다. 당좌 증서는 김상언과 김도언, 두 사람 이름으로 개설되어 있었다.

"언제 맡기신 겁니까?"

"내가 루이쩐과 함께 갔을 때였지."

"상언이 형은 언제 왔어요?"

"올 초에 들렀어. 아버지께 보낼 편지를 가져왔어. 무슨 내용인지는 나도 모른다. 둘이 통하는 암호 같았어."

---

[1] 예금자가 수표를 발행하면 은행이 어느 때나 예금액으로 그 수표에 대해 지급하게 되어 있는 예금.

"루이쩐은 아직 조선에 있어요?"

"그럼."

"덕분에 무사히 국경을 넘었어요. 보고 싶다고 전해주세요."

"그래, 꼭 그러마."

도언은 김선대가 맡긴 당좌 예금을 찾아 약간의 생활비만 남기고 나머지는 은행에 맡겼다. 웬만하면 그 돈을 쓰지 않고 버티면서 상언을 본격적으로 찾을 작정이었다.

상해에는 조선인이 중국인 집주인에게 세를 얻어서 다시 방 하나를 세놓는 일이 많았다. 도언이 얻은 방도 그랬다. 그 방은 프랑스 조계에 있었고, 옆방과 윗층 모두 조선인이 머물고 있었다. 도언은 조선인 주인에게 영화를 찍는 노재윤을 찾는다고 했다.

그로부터 이틀 뒤, 도언의 방문을 누군가 두드렸다. 도언은 문을 빼꼼 열어서 방문객을 확인하고는 문을 활짝 열었다. 허름한 양복에 중절모를 쓴 재윤이 들어섰다.

"조선 여인이 나를 찾는다기에 가슴이 설렜는데, 더 설레도 될 뻔 했다. 오랜만이야."

재윤은 도언과 가볍게 악수를 나눴다. 평범한 인사로 시작했던 안부는 강해인과 김선대의 별세로 이어졌다. 도언은 상언이 떠난 다음부터 겪었던 경제적인 어려움과 감시를 받았던 일들을 차근차근 털어놓았다.

"상언이를 찾으려면 시간이 걸려. 그 녀석이 워낙 동에 번쩍 서에 번쩍 하거든."

"상언이 형이 뭘 하는지 이젠 저도 알아야겠어요."

재윤이 한숨을 푹 쉬었다.

"상언이 비밀 결사단에 속해 있다는 정도만 알아. 상언이 어디에 속했는지, 어떤 역할을 하는지는 나도 잘 몰라. 하지만 어떻게든 선을 놓아볼게."

"부탁할게요."

"혹시 조선에서 네 주변 상황을 은밀하게 알아볼 사람이 있을까?"

"그럴 만한…… 아, 고보 동무인 이아림이라고 동경 유학을 떠났다가 얼마 전에 돌아온 친구가 있어요. 아림이는 배우가 되고 싶댔어요. 그 친구를 통하면 알 수 있을 거예요."

도언은 아림의 주소를 재윤에게 알렸다. 재윤은 작은 수첩에 아림의 주소를 받아썼다. 재윤은 영화에 대한 아이디어가 떠오를 때마다 수첩에 적었다.

"여전히 형 글씨는 엉망이네요."

"나만 알아보면 돼. 누구 보여주려고 쓰는 게 아니니까. 그나저나 어떻게 지냈어?"

도언은 변사 자격 검정 시험을 치렀고, 진선관에서 변사로 몇 번 연행했던 과정을 읊었다.

재윤도 어떻게 지내는지 말했다. 상해로 건너온 조선 영화인들은 상해파로 불렸다. 그들은 일본에서 영화를 공부했거나 조선에서 애활가이던 사람들이었는데 마음껏 영화를 만들기 위해 상해로 건너왔다. 상해파들은 중국에서 일어나고 있는 일들을 유심히 관찰했다. 그러다 런톈즈[1]가 이끄는 진화단에서 벌였던 순회공연에 주목했다. 진화단은 남경부터 여러 도시를 거쳐 상해까지 '톈즈파 신극'을 선보였다. 이 순회공연에 〈안중근, 이토를 저격하다〉가 포함되어 있었다. 상해파들은 충격을 받았다. 조선에서는 절대 가능하지 않을 장면이 중국에서 상연되고 있었기 때문이다. 하얼빈에서 이토 히로부미를 저격한 안중근을 주인공으로 한 영화를 계획하고 있는데, 거기에 재윤이 단역으로 출연한다고 했다.

"그런 영화도 만들 수 있어요?"
"여긴 상해잖아. 뭐든 할 수 있다니까."
재윤은 자신이 묵고 있는 곳의 주소를 알려주었다.

---

[1] 중국의 공연 예술인.

"낮에는 전차 검표원으로 일해. 시간 날 때마다 닥치는 대로 일해서 돈을 모으고 있어. 내 영화를 찍는 게 꿈이거든."

"부럽다."

"너도 뭐든 도전해 봐. 여긴 상해라니까."

마치 도언에게 상해는 마법을 부리는 단어 같았다. 어떤 영화를 만들어도 되고, 말을 조심하지 않아도 되는 곳. 이런 상해에 도착했으니 자신도 뭐든 하고 싶었다.

상해는 중국 최초로 영화가 상영된 곳이며, 최초로 정식 영화사가 등장한 영화의 도시였다. 상해에는 외국인들을 위한 조계뿐만 아니라 중국인들이 주로 사는 화계가 있는데, 화계와 공공조계 경계에 있는 '홍커우'가 영화 산업의 중심지였다. 상해에는 '만국', '빅토리아', '올림픽', '상해 영화관', '아폴로', '헬렌', '공화', '중국', '동화', '상해 활동 연예관' 등 서양식 극장이 여럿 있었다.

도언은 경성에서 일했던 변사 경력을 내세웠으나 이력서를 받은 극장주들은 조선에 여자 변사가 있다는 말은 듣지 못했다며 고개를 갸웃거렸다. 도언은 변사였다는 증거를 대지 못했다. 조선 총독부가 발행한 변사 면허증을 놓고 왔으며, 갖고 왔더라도 국경을 통과한 여행증과 이름이 다르므로 일본 밀정으로 오해 받을 수 있었다.

다섯 군데 극장에서 퇴짜를 맞은 뒤, 도언은 스스로 '스텔라'라는 이름을 지었다.

상해에서 일자리를 구하지 못한다면 아버지가 남겨둔 돈을 써야 한다. 야금야금 쓰다보면 상언을 찾지 못한 채 돌아갈 수도 있다. 도언은 어떻게든 살아남고 싶었다.

극장 '따스지에'[1]는 상해에서 가장 크고 넓은 4층짜리 건물을 통째로 쓰고 있었다. 뿔처럼 솟은 속이 빈 높은 기둥은 상해 시내 어디서든 잘 보였다. 도언은 목을 뒤로 젖히고 상해에서 제일 높은 따스지에 극장을 쳐다보았다. 이번이 열한 번째 도전이었다.

도언은 연락처를 놓고 가라는 매니저 홍싼만[2]의 팔을 붙잡았다.

"어떤 일이든 하겠습니다. 조선에서도 그랬습니다. 변사였지만 사환이 하는 일도 했고, 선전지도 돌렸고, 극장에 불이 났을 때는 상자를 접었어요."

홍싼만은 도언을 빤히 보았다.

---

1) 大世界.
2) 洪三滿.

"조선에 여자 변사가 있다는 말은 처음 듣는데?"

"급히 오느라 면허증을 못 챙겼어요. 하지만 진선관에서 연행하던 변사였습니다."

"좋아. 그럼 안내원으로 일해. 따스지에는 누구에게든 기회를 주는 편이지. 상해어 공부를 더 하도록 해. 따스지에 안내원이 어리바리 말귀를 못 알아들으면 곤란하거든."

"감사합니다! 후회하지 않으실 겁니다."

그날 저녁부터 도언은 치파오를 입고 손님들을 안내했다. 따스지에에는 다관, 미식청 등이 있어 먹고 마시면서 공연을 볼 수 있었다. 중앙에 있는 넓은 노천극장에서는 서커스, 요술, 교향악 등이 열렸다. 관객들은 이 무대를 둘러싸고 층마다 앉았다. 2층 극장에서는 경극, 월극, 평탄을 연출했으며 카바레가 같이 있었다. 3층에는 무예를 겨루는 무대가 있고, 4층에는 음악청, 가무청, 영화관 등이 있었다. 따스지에를 잘 모르는 사람들이라면 길을 잃기 십상일 정도였다.

상해 생활은 쉽지 않았다. 습한 날씨 탓에 빨래가 잘 마르지 않아, 창밖으로 대나무를 내걸어 빨래를 말렸다. 그러다 비가 오면 재빨리 걷어야 했다. 집 안에 화장실이 없어 따로 통을 마련해서 썼고 아침마다 오물을 걷으러 다니는 사람에게 돈을 주고 수거를 맡겼다. 물은 건물 바깥에 있는 수도를 썼다. 도언은 새벽에 일어나 오물통을 비우고 씻고 빨래하는 일을 반복했다. 시장에서 산 짠지 하나와 밥 한 덩이로 끼니를 때우는 날이 길어질수록 곱단 이모가 차린 밥상이 떠올랐고, 세비로 양복을 입은 신사들을 보면 곱단 이모가 재봉틀에 앉아 있는 모습을 상상했다.

조선인들은 압록강 철교와 바다를 건너 꾸준히 상해로 들어왔다. 그들 편에 〈아리랑〉이라는 장편 영화가 상영되었고, 악극단이 연주한 '아리랑' 노래가 조선인들에게 널리 퍼졌다는 소식을 들었다. 〈아리랑〉을 처음 상영한 단성사에는 연일 매진 사례가 이어졌으며, 소문난 〈아리랑〉을 보려는 사람들의 요청이 쇄도해 경성이 아닌 다른 곳에서도 상영했다. 그러나 원본 필름을 넉넉하게 만들 형편이 아니었으므로 한 곳에서 상영하면 다른 곳에서는 차례를 기다려야 했다. 간혹 두 극장이 가까운 경우에는 1번 필름을 빼고 2번 필름을 끼우는 사이에 사환이 옆 극장으로 1번 필름을 들고 뛰었다. 〈아리랑〉이 폭발적으로 인기를 얻자 조선 총독부에서는 당황했다. '흥행장 및 흥행 취체 규칙'을 '활동사진 필름 검열 규칙'으로 강화한지 얼마 되지 않아서 일어난 일이었기 때문이다. 영화관 같은 흥행장에서 조선인들이 단체 행동을 하거나 독립을 운운하는 불순한 사고를 하지 못하게 단속하려 했던 의도가 제대로 먹히지 않았을 뿐더러 〈아리랑〉의 열기는 들불처럼 조선 전체로 번졌다.

도언은 〈아리랑〉을 여러 극장에서 상영했다는 소식에 진선관을 떠올렸다. 윤형수와 다른 변사들, 사환, 불탄 극장, 다시 문을 연 극장……. 그 모든 장면에 어김없이 끼어드는 사람이 있었다. 도언은 그 사람 이름을 부르지 못했다. 아무 말 없이 떠났기 때문에 시간이 흐를수록 미안함이 커졌다.

도언은 그런 생각을 떨치려고 상해어를 배우는 데 더 매달렸다. 틈날 때마다 상해어로 말했고, 발음이 틀렸다고 놀림을 받으면 똑바로 발음할 때까지 수십 번 반복했다. 그러다 상황을 설명할 때 조선어보다 상해어가 먼저 튀어나오기도 했다.

"조선어는 다 잊었어? 상해 사람 다 됐네."

재윤이 놀리는 말에 도언은 씁쓸하게 웃었다.

"말은 잊어도 사람은 잊지 않았으면 좋겠어요."

"그게 누군데? 난 아니고, 곱단 아주머니?"

"두루두루, 전부 다요."

"네 주변 사람들 소식은 알아볼게. 걱정하지 마."

재윤은 그 약속을 지켰다. 그러나 도언이 정말 알고 싶은 운기 소식은 빠져 있었다. 잘 지내고 있는지, 별일 없는지, 그리웠다. 그 마음이 켜켜이 쌓였으나 운기 소식을 묻지 않았다. 그리움보다 훌쩍 떠난 미안함이 더 컸기 때문이다. 도언은 속앓

이를 하며 시간을 보냈다.

해를 넘기고 봄이 왔다.

홍싼만 매니저가 도언을 불렀다.

"스텔라, 왕 변사가 결근했는데 한 번 해보겠나? 수퍼임포즈드 자막[1]이 있지만 맛깔나게 전달할 변사가 필요해서 말이야."

"꺄악! 네, 네! 제가 하겠습니다."

도언이 좋아서 지르는 비명은 따스지에 사무실을 벗어나 노천극장까지 울렸다. 그길로 전차 사무실로 뛰어간 도언은 재윤에게 변사로 선다는 사실을 알렸다.

"내가 뭐랬어. 상해에선 뭐든 할 수 있댔잖아."

"꼭 보러오세요!"

재윤이 피식 웃으며 검표원 일을 하려고 전차에 올랐다. 도언은 따스지에로 돌아와 저녁 연행을 준비했다. 도언은 경성에서처럼 치마저고리를 입고 싶었으나, 홍싼만이 권한 푸른 치파오를 입었다.

몇 달 만에 도언은 변사석에 섰다. 첫 시작은 경성에서였고 조선어였으나 이번에는 상해에서 상해어로 하는 연행이었다.

---

[1] 영화 화면에 겹쳐 나오는 자막. 특히 외국 영화에 붙이는 자국어 자막을 지칭한다.

"안녕하십니까, 따스지에 변사 스텔라입니다."

부인석에서 큰 박수가 터졌다. 도언은 침착하게 연행을 시작했다. 화면 중간에 삽입된 수퍼임포즈드 자막에 있는 영어를 상해어로 번역하고, 화면을 설명하느라 정신을 집중했다. 상해어로 하는 첫 연행이 주는 긴장으로 치파오가 땀으로 얼룩졌다. 연행을 끝낸 도언은 객석을 둘러보았다. 몇몇 아는 얼굴은 보였으나 재윤은 보이지 않았다. 몹시 실망한 도언은 첫 연행의 설렘을 만끽하지 못하고 터덜터덜 집으로 돌아왔다.

대문 앞에 어떤 남자가 어둠에 몸을 숨긴 채 도언을 기다리고 있었다. 집으로 들어서려던 도언이 걸음을 멈추었다. 누군가 자신을 지켜보고 있다는 사실을 몇 달 동안 잊고 살았는데, 또 다시 경성에서 겪은 악몽이 되살아나는 듯했다. 그러나 이곳이 상해라는 사실은 도언에게 용기를 불러일으켰다.

"뉘신지요? 길을 찾으십니까?"

상해어로 질문을 던지자 남자가 성큼, 한 발을 내딛었다. 윗층 창문에서 새어나오는 불빛에 비춰진 남자는 재윤과 비슷한 체격이지만 조금 더 말랐고 중산복을 입고 있었다.

"오랜만이다."

도언은 후다닥 그 남자에게 안겼다.

"형!"

상언이 도언을 토닥였다. 도언은 상언을 방으로 데려갔다. 상언은 침대나 의자에 앉지 않고 서 있었다. 도언이 찻물을 올리느라 등을 돌리고 있을 때, 상언이 중얼거렸다.

"아버지가 떠나시기 전에, 두 번 뵈었다."

"언제?"

상언이 아버지를 만나러 갔던 시기를 말하자 도언은 그 때가 언제인지를 되짚었다. 아버지가 갑자기 정신을 차렸을 때와 일치했다. 도언은 아버지와 상언에 대한 섭섭함에 와락 소리를 질렀다.

"내가 독립을 원하지 않는다고 생각했어? 그래서 말하지 않았어? 왜 나를 빼놓았어? 내가 도움이 될 수 있다는 생각은 안 했어? 아직도 형에게 나는 그저 계집아이일 뿐이고, 사람 김도언으로 보이지 않아?"

꾹꾹 눌렀던 섭섭함이 봇물처럼 터졌다.

"진작 말했으면 좋잖아. 계속 궁금했다고. 내가 어떤 걸 포기하고 왔는지 형이 알기나 해? 내가…… 나는……."

도언이 쏟아내는 말을 묵묵히 듣던 상언이 다가와 어깨를 토닥였다.

"처음 시작은 단순했어. 아버지가 독립을 꿈꾼다는 사실을 내가 알아차렸지. 너보다 내가 먼저 사랑방에서 책을 가져다

봤으니까. 그러나 아버지는 자신이 상상만 하던 일을 내가 실제로 하리라고는 짐작하지 못하셨어. 기미년 만세를 준비하면서 아버지가 어떤 역할을 하고 있다는 걸 알았지만, 나 또한 모른 체 해야 했어. 아버지는 역관으로 알고 지내던 조선 밖 사람들과 조선인들을 연결하는 일을 하셨더라고. 그러나 그 사람이 아버지라는 사실은 아무도 몰랐어. 아버지가 쓰던 이름이 다섯 개가 넘는다는 사실을 나도 상해에 와서 알았으니까. 내가 마지막으로 찾아갔을 때, 아버지는 임정이 발행한 애국 공채를 화로에 태우고 계셨어. 임정에 돈을 보태셨으나 그 사실을 남기고 싶지 않으셨던 게지. 그런 분이셨어. 흔적 없이, 남김없이, 자신이 하는 일을 알리지 않고 몰래……. 하지만 정작 내가 독립 운동을 하겠다고 하자 반대하시더라. 그래서 떠났어."

이마가 찌를 듯이 아팠다. 도언은 이마를 두 손으로 가렸다. 다치던 순간이 떠올랐으나 도언은 그 생각을 물리쳤다.

"형은 지금 어디에서 뭘 해?"

"황포 군관 학교에 다녀."

"군관 학교?"

"임정은 외교로 독립을 해결하려고 하지만, 독립을 모색하는 방법은 다양해야지. 군사 훈련도 그 중 하나고."

도언은 상언에게 바짝 다가갔다.

"나도 형이 하는 일에 끼워줘."

이 말을 하려고 상언을 찾아왔고 기다렸다. 국경을 넘고 열흘 동안 상해로 오는 내내 아버지와 상언과 함께하고 싶다는 간절함이 컸다. 정신 나간 아버지, 집과 연락을 끊은 오라버니가 무슨 일을 하는지 알지 못한 채 감시당하고 싶지 않았다. 설령 작더라도 자신이 할 수 있는 일에 직접 나서고 싶었다.

"안 돼!"

"생각이니 고려할 여지도 없이? 딘박에 거절할 징도로 날 못 믿겠어? 더 이상 날 빼놓지 마. 나도 내 앞가림을 할 수 있어. 대단한 일이 아니어도 돼. 단순해도 좋아. 뭐든 할게. 그렇게라도 하게 해 줘."

상언이 몸을 돌렸다. 도언이 상언의 손을 붙잡았다. 서당에 다닐 때 잡았던 포동포동했던 손은 간 데 없고 마디가 굵고 굳은살이 박혀 있었다.

"제발…… 부탁이야."

"넌 네가 좋아하는 일을 하면서 살기를 바랐는데……."

"좋아하는 일과 독립 운동을 같이 하면 되잖아."

상언이 손을 천천히 뺐다.

"너와 내가 꿈꾸는 방식은 다르지만, 도달하는 결론은 같아. 우린 둘 다 독립을 원해. 그렇지 않니?"

도언이 피식 웃었다.

"나는 그 결론에 떳떳하게 닿고 싶어."

상언이 한숨을 쉬었다.

"사흘 뒤, 아침 일곱 시, 프랑스 공원에 있는 동상 근처 벤치에서 보자."

상언은 장소를 한 번 더 알려준 다음 휙 돌아섰다. 상언은 도언의 방인 2층을 내려가는 동안 발소리 한 번 내지 않았고, 대문을 나서자 한 걸음 내딛나 싶더니 순식간에 골목을 벗어나 시야에서 사라졌다. 사람이 아닌 그림자가 움직이는 듯했다. 도언은 자신이 상언을 진짜 만났는지 꿈을 꾸었는지 헷갈렸다. 상언이 마신 빈 찻잔만 덩그러니 창가에 남아 있었다.

사흘 뒤, 도언은 프랑스 공원을 서성였다. 이른 아침부터 산책을 하는 사람들과 태극권을 연마하는 중국인들이 눈에 띄었다. 상언이 말한 장소는 나무 그늘이 져서 앉은 자리에서는 돌아다니는 사람들이 잘 보였지만, 서 있는 사람들에게는 앉은 자리가 잘 보이지 않았다. 도언이 태극권을 하는 할머니를 집중해서 보고 있을 때 누군가 옆에 앉았다. 도언은 천천히 고개를 돌렸다. 사흘 전처럼 중산복을 입었지만 이번에는 덥수룩한 턱수염과 테가 두꺼운 안경을 쓰고 있어서 같은 사람처럼 보이지 않았다.

도언은 허리띠 모양으로 단단히 싼 보따리를 내밀었다.

"아버지가 돌아가시기 전에 형과 내 이름으로 당좌 예금을 드셨더라고. 이건 형 몫이야. 경성에 집 한 칸만 남기고 나머지 재산을 다 처분하신 것 같아."

상언이 보따리를 꼭 껴안았다. 도언은 상언 몫의 당좌 예금을 다 찾아서 천에 넣고 꿰맸다.

"살아가는 데 생각보다 많은 돈이 필요하더라. 형이 필요한 것으로 바꿔서 써. 조금 남겨둘까 했지만, 언제 상해로 다시 올지 모르는 상황이잖아. 그리고 날 끼워달라고 한 말, 진심이었어. 더 이상 가만히 앉아서 형을 기다리진 않을래. 나도 간절히 독립을 원해."

도언이 벤치에서 일어났다. 상언이 따라 일어서면서 낮은 목소리로 중얼거렸다.

"은성단, 그게 내가 속한 곳이다. 숨은별이나 은성이라는 말을 누군가 한다면 내가 보낸 사람이거나 나를 쫓는 사람이거나 둘 중 하나일 거야. 빛이 강하면 별이 잘 보이지 않아. 그러나 내가 어두운 곳으로 들어가면 반짝이는 별을 볼 수 있지……."

상언은 주위를 둘러본 다음, 도언에게 귓속말을 했다. 도언은 상언이 속삭이는 말을 새겨들었다. 상언이 암호와 함께 수신호 몇 개를 가르쳤다. 다음에 오는 사람이 또 다른 신호와 소통 방법을 알려줄 것이라고 했다. 매번 다르고 복잡한 소통 방법에서 변하지 않는 핵심 사항을 가르쳤다. 손가락 세 개를 빠르게 움직여서 만드는 신호를 놓치지 않으려고 도언은 손등으로 가리고 연습했다.

"무슨 일이 생기면, 너는 모르는 일이다."

"약속할게."

그렇게 도언이 은성단에 합류했다. 입단 절차도, 함께하는 동료들 이름도, 누구와 연락해야 하는지도 전혀 알지 못한 상태였다.

"시장에서 국수 한 그릇 먹고 가. 샤오룽바오도 사줄게."

"국수만. 난 샤오룽바오가 입에 안 맞더라."

그때까지 팽팽했던 도언의 양미간이 부드럽게 펴졌고 입가에 미소가 맴돌았다. 군관 학교에서는 밥투정을 할 수 없을 텐데, 그래도 동기간이라 도언에게는 이런 투정을 하는가 싶었다. 떨어져 산 세월만큼 멀고 낯설었던 상언이 그 순간 사랑방에서 차를 같이 마시던 어린 형으로 돌아온 듯했다.

9 · 숨은별

2년이 지났다.

도언은 임정 가족들과 친해졌다. 상해나 만주로 건너올 때 전재산을 처분하거나 자금을 마련해서 들어오기도 했으나 망명 생활이 길어지면서 그 돈들이 손에 쥔 모래알처럼 사라졌다. 임정 가족들뿐만 아니라 망명자들의 생활은 거의 비슷했다. 조선을 떠난 이들에겐 살아남기가 중요했다. 옷을 기워 입는 건 기본이고 헝겊신을 사면 밑바닥을 굵은 실로 꿰매 빨리 닳지 않도록 했다. 먹는 것도 부실하고 입성도 좋진 않았지만 조선인들은 잘 웃었고 쾌활했다.

따스지에서 일하는 동안 상해어 실력이 빠르게 늘었다. 도언은 영화가 좋았다. 불안한 앞날, 사라진 나라, 찾아야 할 주권, 아버지, 상언, 곱단, 경성, 진선관……. 모든 그리움들이 화면 아래로 옅어졌다. 등장인물들이 움직이고 장면이 바뀌면 도언도 그 안으로 빨려 들어갔다.

영화를 사랑하는 만큼 더 알고 싶었고, 설명 대본이나 따스지에를 방문하는 외국인들이 쓰는 말을 잘 알아듣고 싶었다. 도언은 여고보 이후로 멈췄던 영어 공부를 다시 하기 시작했다. 책을 사서 나달나달해질 때까지 보고 또 보았고, 외국인들을 만나면 무작정 말을 걸었다. 어색한 발음과 문법에 어긋난 표현을 써도 주저하지 않았다. 그러다 따스지에 단골인 헬렌과 친해졌다.

헬렌은 리볼버 사격 연습장의 주인이었다. 헬렌은 도언이 쓰는 상해어가 약간 어색하다고 여겼지만 중국의 다른 지역 사람인 줄 알았지 조선인인 줄 몰랐다고 했다. 영어를 배우려는 도언의 의지를 읽은 헬렌은 기꺼이 돕겠다고 했다. 자신도 상해어를 익히기 위해 많은 시간들을 들였고, 자신이 늘 쓰는 언어를 배우겠다는 조선인을 마다할 이유가 없었다.

도언은 헬렌과 친해지면서 총을 처음 잡았다. 그러나 실력이 좀체 늘지 않았다.

"스텔라, 당신은 총하고 인연이 없어요. 조준을 이렇게 못하는 사람은 처음 봐요. 저 옆 사람 보이죠? 국숫집 아저씨인데 나날이 실력이 늘고 있다니까."

"해도 안 되는 게 있네요. 전 뭐든 열심히 하면 되는 줄 알았는데."

"사람마다 잘 하는 게 따로 있죠. 스텔라는 언어 능력이 뛰어난 데다 말재주가 있으니 변사석을 지켜요. 그게 더 어울려요."

김도언 변사는 조선에서 찾는 이가 별로 없었지만 스텔라는 달랐다. 그즈음 도언은 그랜드 극장으로 자리를 옮겨 변사석에 섰다.

상해파들은 1원짜리 국수로 끼니를 때우고 잠을 줄여서 영화를 만드는 일에 몰두했다. 카메라로 찍은 영상이 편집을 거쳐 상영되는 짜릿함은 영화를 만들었다는 성취감을 넘어섰다. 누군가는 독립된 대한민국을 영화로 미리 보았고, 누군가는 또 다른 유토피아를 꿈꾸었고, 누군가는 그 모든 미래를 이루기 위해 노력하는 자신과 동료들을 보았다.

도언은 채울 수 없는 그리움에 남몰래 울었다. 채비를 가볍게 하라는 김동혁의 말이 발단이었지만, 그때는 상언을 만날 생각만 했다. 그런데 상언을 만난 다음부터 두고 온 사람들이 눈에 밟혔다. 재윤은 곱단이 잘 지낸다는 소식을 전했지만 운기하고는 1년 전부터 소식이 끊겼다고 했다. 그 이름을 떠올리기만 해도 가슴이 짜르르 떨렸다. 잘 지내고 있겠지, 별일 없겠지, 이제 내 이름은 잊었겠지, 그래도 한 번쯤…… 보고 싶었다. 그리움이 덮치면 영어 공부를 했다. 'r'과 'l' 발음을 구별하고, 수십 개 단어를 하룻밤에 외우고, 영어 소설을 읽었다. 헬렌이 잠을 언제 자느냐고 물어볼 정도로 진도가 빨랐다.

드디어 상해파가 만든 〈애국혼〉[1])이 극장에 걸렸다. 안중근이 이토 히로부미를 저격한 내용이어서 사람들의 관심이 컸다.

단역으로 출연한 재윤이 도언에게 초대권을 주었다. 〈애국혼〉을 상영하는 극장은 남녀 객석을 구분하는 통로가 좁아 거의 붙어있다시피 했다. 도언이 앉은 자리는 맨 뒷열, 남녀 객석을 나누는 통로 바로 옆이었다. 한 장면이 먼저 지나가고 두 번째 장면이 시작되었을 때 옆자리에 사람이 앉았다. 별 신경을 쓰지 않은 채 흘깃 보던 도언은 남자의 윤곽에 시선을 주었다가 고개를 돌렸다. 어디에서 본 듯했다.

조선인 변사가 상해어로 연행했고, 가끔 조선어를 섞어서 썼다. 안중근이 이토 히로부미를 저격하는 장면에 이르자 도언은

---

1) 항일영화의 효시인 〈애국혼〉은 상해파 한국 영화인들이 1928년에 중국에서 제작·상영했다. 전창근이 각본을 쓰고 정기탁이 감독과 주연을 맡았다.

훌쩍거리기 시작했다. 다섯 달 전에 연락을 받은 이후로 상언이 어디에서 무엇을 하는지 모르는 상태였다. 상언이 무사하길 바랐다.

옆자리 남자가 손수건을 건넸다. 도언은 고개를 돌렸다. 객석에 불이 켜졌고, 남자 얼굴이 똑바로 보였다.

"극장에 숨은별이 떴네요."

남자가 피식 웃었다.

"왜 당신이 그 말을?"

"당신이 보고 싶어서 왔죠. 돌고 돌아서……."

도언은 운기를 바라보며 눈물을 흘렸다. 관객들이 모두 일어나서 손뼉을 치고 환호성을 보내느라 극장이 소란했다. 그러나 도언에겐 그 소리가 잘 들리지 않았다. 2년 동안 그리워했던 사람이었다.

송운기가 도언의 눈물을 닦았다. 도언은 그 손을 그러쥐었다. 마디가 굵고 굳은살이 잔뜩 박힌, 상언과 비슷하게 거친 손이었다.

"나도 보고 싶었어요."

누군가 슬레이트를 쳤고, 재윤이 카메라를 들었다. 영화를 보는 데 익숙한 도언은 카메라에 찍히는 상황이 어색해서 고개를 이리저리 돌렸다. 덜덜 떨고 있는 도언에게 운기가 속삭였다.

"카메라는 신경 쓰지 말아요."

"어떻게 신경을 안 써요, 이런 거 하기 싫다니까."

운기가 도언의 손을 꼭 잡았다.

"오늘은 우리가, 아니 당신이 주인공이에요. 정 떨리면 변사석에 있다고 생각해요."

도언과 운기는 프랑스 공원 벤치에서 혼례를 올렸다. 도언이 눈을 살짝 감았다. 땀을 비처럼 쏟아내며 섰던 첫 연행 때처럼 긴장했고 떨렸다. 경성, 진선관, 아버지, 어머니, 곱단…….그리운 이름들을 하나씩 불러냈다. 떨림이 조금씩 잦아들었다. 눈을 뜬 도언은 가장 깨끗한 옷으로 차려입은 친구들을 차례차례 돌아보았다. 산책을 나오거나 운동을 하던 사람들이 이들 주변에 빙 둘러서 있었다. 며칠 전부터 도언은 계속 정신을 차려야 한다고 스스로에게 주문을 걸었다. 하지만 뜻대로 되지 않았다. 연행을 하다가 장면을 바꿔서 말하고, 밥을 먹은 걸 잊은 채 또 먹고, 자다가 창문을 활짝 열어젖히고 몸을 반쯤 내밀기도 했다. 도언은 여전히 반쯤 넋이 나간 상태였지만 침착하려고 애쓰는 중이었다.

"신랑 송운기 씨와 신부 김도언 씨는 서로를 바라보세요. 하늘이 두 사람을 갈라놓을 때까지 영원히 함께할 것을 약속합니까?"

"네!"

운기가 먼저 씩씩하게 대답했다. 도언은 운기에게 물었다.

"다시 날 찍지 않는다면 약속할게요."

운기가 고른 잇바디를 드러내며 웃었다.

"처음이자 마지막으로 찍는다고, 약속하겠습니다."

"그렇다면, 네."

도언과 운기는 프랑스 공원 벤치에서 혼례를 올렸다. 간소하고 담백한 혼례였고, 같이 사진관에 가는 것으로 마무리했다. 그러고는 혼례를 축하하기 위해 모인 친구들과 함께 시장으로 갔다. 카메라를 들고 앞장선 재윤이 국수 가게로 들어서자 도언이 막아섰다.

"오늘은 아우가 제대로 쏘겠습니다."

도언은 회회식당으로 사람들을 이끌었다. 회교도들이 운영하는 회회식당에서 파는 쇠고기 수프가 곰탕과 비슷했다.

"그럼 수프에 추가로 고기 무침을 시켜도 될까요, 변사님?"

"아…… 특별한 날이니까 두 접시만?"

"만세!"

"이 두 사람은 기미년 만세 때 만난 사이라니까, 만세가 딱 어울리는군요!"

 밥을 먹는 자리에서도 농담이 오고갔다. 회회식당에서는 술을 팔지 않았기 때문에 반주를 곁들이진 못했다. 사람들과 헤어진 다음, 재윤이 술병을 내밀었다.

 "아버님과 형을 대신해서 내가 주는 합환주다. 상언이가 네 신랑을 봤어야 하는데…… 아직 연락이 없지?"

 "……네."

 "잘 살아라."

 부부가 된 두 사람은 도언의 방으로 들어섰다.

 도언은 복잡한 마음으로 운기를 바라보았다. 운기를 만나기 전까지 도언은 다양한 일들을 겪었다. 만세 운동 전 집으로 찾아온 손님 중 한 사람을 상해에서 만났다. 도언은 그에게서 김선대가 기미년 만세 당시에 사람들을 연결했다고 들었다. 그는 상언도 조직과 조직을 연결하며, 그 과정에서 발생하는 문제들을 해결한다고 했다. 또 다른 사람들도 상언을 알았다. 상언에 대한 소문은 무성했다. 여덟 개가 넘는 이름을 사용했고, 정확한 나이를 아는 사람이 드문, 비밀 결사 요원이었다.

 도언이 알아낸 바에 따르면, 상언은 군관 학교를 졸업하고 중국 곳곳을 떠돌고 있었다. 철 공장에서 폭탄 제조 기술을 익혔고, 무기를 실은 마차를 습격했고, 일본 요인을 사살하거나 친일파와 밀정을 처단했다.

  도언에겐 잃어버린 나라와 찾아야 하는 주권 못지않게 상언이 중요했다. 그러나 운기를 상해에서 다시 만나자 도언은 다시 헤어지고 싶지 않았다. 혼인하자는 말을 도언이 먼저 꺼낸 것도 그런 이유였다.

  "이제 둘뿐입니다."

  도언이 말했다.

  운기가 기다란 여행 가방을 열었다. 옷가지와 털토시, 두꺼운 방한모를 들추자 철제 통이 여러 개 나타났다. 납작하고 동그란 통에 붙은 길쭉한 종이에 붓으로 흘려 쓴 아라비아 숫자가 써 있었다.

  도언이 통을 열어 필름을 꺼냈다. 번호 순서대로 필름을 불빛에 비춰보던 도언이 손길을 멈췄다. 넓은 들판에 남자 다섯 명이 걸어가고 있었다. 그 중 앞에서 두 번째 남자는 중산복을 입고 모자를 질끈 눌러쓰고 있었다. 긴 막대를 봉춤 추듯 휘둘렀는데, 필름에 담기지 않은 소리에는 휘파람이나 독립군가가 담겼을 수 있었다.

  "형……."

  운기가 고개를 끄덕였다.

  "잘 있으니까 걱정 말아요."

도언은 상언이 찍힌 필름을 어루만졌다. 가장 최근에 담긴 상언이 모습이었다.

"고마워요."

운기가 상언을 필름에 담았다고 했을 때, 도언은 믿을 수 없었다. 독립 운동을 하는 조선인들을 쫓는 사람들은 여럿이었다. 경찰, 헌병, 군인 등 일본인들은 물론이거니와 조선인과 중국인들 중에서도 이들을 찾아다니는 사람들이 있었다. 거액의 현상금과 특진을 노리는 사람들은 어디에나 있게 마련이다. 조선인 밀정이 점점 늘어났다. 임시 정부를 드나들던 사람이 밀정인 경우도 있었다. 상언이 머무는 거처가 발각되거나 어떤 사람과 함께 지내는지 알려지면, 상언이 혼자 다치는 데 그치지 않았다. 상언이 다리를 놓는 여러 조직이 연쇄적으로 타격을 입을 수 있다.

그즈음 일본에서는 '나프'라는 '일본 프롤레타리아 예술동맹'이 결성되어 활동을 벌이고 있었다. 나프에서 활동 중인 예술가들 가운데 사사키 모토쥬가 있었다. 그는 트렁크 극장 소속이었고, 일본의 노다 간장 공장에서 벌어진 노동 쟁의에 주목했다. 그는 공장에서 일어나는 노동 쟁의 과정을 8mm 카메라에 담았다. 이 기록 영화는 여러 차례 상영되었다. 사사키가 찍은 간장 공장 시위 장면이 확대기를 통해 영사되자 지켜보던 사람들은 흥분했다. 신문에 실리지 않았으나 떠도는 소문으로 알고 있던 노다 간장 공장의 시위를 생생하게 보았고, 노동자들이 분출하는 힘과 의지를 느꼈기 때문이다.

운기는 일본에서 부는 기록 영화 열풍에 크게 감동을 받았다. 운기는 상언이 독립 운동에 뛰어든 사실을 알고 있었다. 나라를 뺏긴 사람들이 제 나라를 찾겠다는 행동은 누군가 마땅히 해야 할 일이었고 그 누군가가 동무인 상언이어서 좋았다. 하지만 상언이 총을 들고 싸우는데 자신이 든 무기는 고작 카메라라는 사실이 부끄러웠다. 할 수 있는 일이 미약해서 속상했다. 그렇게 자신을 탓하고 있을 때 도언이 사라졌다. 그때 운기는 자신이 도언을 친구 동생이 아니라 여인으로 여기고 있음을 깨달았다. 곱단을 통해 상해로 넘어갔다는 사실을 알아내자 곧바로 짐을 쌌다. 명기는 동생인 운기가 상해로 떠나겠다는 말에 이유를 물었고, 만약을 대비해 직원 한 명을 골랐다. 나이와 체격이 비슷한 남자와 함께 국경을 넘었고, 상해가 아닌 다른 곳으로 운기가 떠날 경우에는 남자가 송운기 이름으로 남기로 했다.

두 사람은 송명기 벽돌 공장에서 파견한 직원 신분으로 상해로 건너왔다. 상해에는 고층 건물들이 꽤 많이 있었고, 내구

성과 견고함이 돌과 비슷할 정도로 벽돌을 굽는 기술이 발달했다. 명기는 운기가 상해에서 벽돌 기술공들을 만나서 조선으로 데려오기를 바랐으나 그들은 딱 잘라 거절했다. 직원은 운기와 여행증을 바꾼 뒤 북경으로 떠났다. 운기는 도언의 행방을 알아냈으나 다가가지 못하고 며칠 지켜보았다. 낡은 집 작은 방에서 지냈고 자투리 국수를 하루 두 끼 사 먹으면서 상언을 찾아다니는 도언이 위태로워보였다. 그러다 도언을 찾아온 상언을 보았다. 그때부터 그는 상언을 찾아다녔다.

꼬박 두 달 만에 상언을 만난 운기는 사사키 모토쥬처럼 자신이 은성단을 영상으로 기록하고 싶다고 했다. 그러자 상언의 동료 한 명이 총을 들어 운기를 겨냥했다. 같은 조직에 있어도 서로를 알지 못할 정도로 보안이 철저한 곳에 카메라를 들이댄다니, 친구를 가장한 밀정이 틀림없다며 펄쩍 뛰었다.

"임시 정부뿐만 아니라 다른 곳에서도 독립 운동을 하고 있음을 남겨야 합니다. 몇몇 사람들만 하는 일이 아니라, 숨은별 같은 존재들이 수없이 많다는 사실을 누군가는 기록해야 합니다. 여러분들이 독립을 위해 한 일을 알리겠습니다. 그것만 하겠습니다."

운기는 사흘 동안 골방에 갇혔다.

한밤중에 상언이 잠긴 문을 열었다. 둘은 움막들이 모인 마을을 벗어나 벌판으로 향했다. 인적이 없는 곳에 다다르자 상언이 권총을 겨눴다.

"아까 우리를 찍고 싶다는 말, 책임질 수 있나?"

"당연하지."

"만약 그 필름 때문에 은성단에 문제가 생긴다면 어쩔 셈인가?"

"목숨을 내놓겠네."

"지네 목숨 하나로 될 일이 아니야. 수많은 목숨이 걸린 일이니까."

"모두에게 목숨은 소중해. 그럴 각오가 없었다면 오지 않았어."

태연자약한 운기에게 상언은 총을 치웠다. 그러고는 멀리 인가의 불빛을 바라보았다.

"명심하게. 지금 우리와 함께 있는 단원들은 일부분일 뿐이야. 내가 한 말은 물론이거니와 앞으로 단원들에게 나와 친구라고 하거나 자네 이름을 밝히지 말게."

"그럴게."

"별을 잘 보려면 어두운 곳으로 발길을 옮겨야지. 그래야 숨은 별이 보여. 우리는 독립이라는 큰 별을 빛내기 위해 어두운 곳으로 숨었어. 곳곳에 아주 많이."

운기는 다시 움막으로 돌아와 갇혔다. 이틀 뒤 풀려난 운기는 두꺼운 천으로 눈을 가린 채 마차에 탔다. 반나절을 달려 도착한 곳에서 눈가리개를 풀었고, 그때부터 촬영을 시작했다. 그곳에서 운기는 '남 감독'이었다.

"한 달 동안 그들을 따라다녔어요. 어쩌다 밀정을 사살하는 장면을 촬영했는데, 그날은 모든 단원들이 한마디도 하지 않았어요. 밀정이 누구보다 열심히 활동하던 은성단원이었거든요. 그래서 그날은 하늘을 찍었죠. 어두운 밤하늘에 별이 무수히 많았어요."

도언은 그 장면도 필름에서 찾아냈다. 상언의 각진 턱과 밀정을 추궁하는 사람들, 밀정이 총에 맞아 쓰러지는 장면과 넓은 들판이 눈에 들어왔다.

운기가 은성단원에게 했던 말이 틀리진 않으나 무모했다.

"어째서 그런 생각을 품었어요? 상언이 형뿐만 아니라 운기 씨도 위험해지는 일이에요. 당신은 편하게 살 수 있는데 왜 이런 길을 택해요?"

"총칼을 들어야만 독립 운동을 하는 게 아니잖아요. 그러니 이젠 우리 둘이서 살아남읍시다. 끈질기게 살아서 꼭 이 필름을 상영합시다."

널브러진 필름을 정리하는 운기에게 도언이 살포시 기댔다.
 "그래요. 어떻게든 살아남아서, 극장이든 길에서든 만세를 부르고 자유를 노래하는 그날을 꼭 맞이해요."
 그날까지 시간이 꽤 걸린다 해도 이젠 덜 외로울 것 같았다. 도언은 상해에 와서 처음으로 편안하게 잠이 들었다.

10 · 이이펑 아가씨

〈애국혼〉 이후로 상해파는 중국인뿐만 아니라 상해에 거주하고 있는 많은 사람들에게 주목을 받았다. 상해파는 영화배우, 감독, 촬영 등 여러 방면에서 활동했다.

재윤은 〈애국혼〉에서 단역으로 활동한 뒤로 영화에 배우로 가끔 등장했다. 그러나 배우보다 감독이길 바라는 재윤은 직접 시나리오를 쓰고 영화를 만들었다. 재윤이 감독한 첫 영화는 상해에서 꽤 인기를 끌었다. 그 영화를 감동 깊게 본 쩡쉰이 두 번째 영화에 투자했다. 재윤이 만든 두 번째 영화는 첫 영화보다 더 많은 관객을 동원했다. 조선인이 만든 영화가 국제도시인 상해에서 흥행에 성공하자 상해파는 흥분했다.

"자네가 영화로 조선이 아직 살아있음을 알렸어. 이게 독립운동이지!"

운기가 큰 소리로 말하자 상해파 영화인들은 "그렇고말고!"라고 동의했다. 재윤은 쑥스러운 듯 뒷머리를 긁적였다. 나라를 잃은 지 20여 년이 지났다. 자신들이 하고 싶은 방식대로, 표현하고 싶은 대로, 조선인들이 건재함을 드러내는 일은 중요했다.

운기는 재윤과 같이 직업을 했지만 모든 권한을 재윤에게 넘기고 오로지 촬영에만 몰두했다. 재윤이 운기에게 공동 감독을 하자고 몇 번이나 제안했지만 운기는 거절했다.

"내가 하고 싶은 건 따로 있어. 그러니 당분간은 자네 일을 돕겠네."

"진짜 섭섭하네. 혹시 내 실력이 미덥지 않아서 그러나?"

"그런 건 절대 아니야. 우리 둘은 작업 스타일이 너무 달라. 자네는 자유롭게 극영화를 찍어. 나는 다른 걸 찍을 테니."

재윤은 피식 웃으면서 운기가 한 제안을 받아들였다.

"정말 섭섭하지 않아요?"

재윤을 축하하고 돌아온 운기에게 도언이 물었다.

"저건 재윤이 작품이니까요. 나중에 내 작품이 완성되면, 그때 내 이름을 떳떳하게 넣을 거예요. 영어나 중국어가 아니라,

조선어로."

"그럼 그 영화에는 내가 변사로 설게요."

"영광입니다."

도언이 운기 손을 꼭 잡았다.

경성에서는 여자라서 할 수 없던 일이 많았는데, 상해에서는 여자라서 할 수 있는 일들이 많았다. 도언은 자신에게 주어진 기회를 마음껏 활용했다. 극장을 찾아온 외국인들에게서 다른 나라 사정을 들었고, 이 정보를 정리해서 필요한 사람들에게 전했다.

그리고 만주 사변이 터졌다. 일본이 중국의 둥베이 지역을 침략한 이 사건으로 일본은 '만주국'이라는 국가를 세웠으며, 이를 기점으로 하여 중국 침략을 본격적으로 벌이기 시작했다. 불안이 상해로 조금씩 진격하는 상황에서 숨은별이 도언을 찾아왔다. 지금까지 도언을 찾아온 숨은별들 중에서 가장 젊은 사람이었고 여자였다.

"따스지에 홍싼만 매니저를 아시죠? 그 사람과 친한 쑨허[1]가 이걸 보게 은밀히 전해주세요."

---

1) 孫赫.

"상해 청홍방 소속인 쑨허 말입니까?"

"일단 전해주시면, 그 다음부터는 제가 알아서 하겠습니다."

도언은 숨은별이 전한 봉투를 만지작거렸다. 상해 청홍방은 아편 밀매를 비롯하여 도박과 매춘 등 각종 불법 시장을 장악한 조직이었다. 따스지에를 운영하는 사람들이 청홍방 소속이었다.

따스지에는 여전히 사람들로 북적였다. 도언이 나타나자 입구에 서 있던 안내원들이 흥분하며 다가왔다. 안내원이던 도언이 상해에서 손꼽히는 변사가 된 일은 조선인뿐만 아니라 중국인들에게도 큰 자극이었다.

"어쩐 일로 여기까지 오셨나?"

홍싼만이 살갑게 알은체했다. 도언은 오랜만에 친정 오듯이 놀러왔다고 눙쳤다. 홍싼만은 이럴 게 아니라 사람들과 인사를 하는 게 어떻겠냐고 제안했다. 둘은 1층에서 곧장 4층으로 올라가서 방마다 돌아다녔다. 도언과 같이 일했던 사람들은 반가워하며 인사를 건넸다. 일면식이 없는 사람들 중에서는 그랜드 극장 변사가 왜 이곳에 왔는지 의아해 하다가 도언이 따스지에에서 안내원으로 일하다가 변사도 했다는 사실을 듣고 깜짝 놀랐다.

도언은 홍싼만에게 자신이 일할 때와 달라진 것들을 하나씩 짚었다. 홍싼만은 도언의 말에 맞장구를 치며 따스지에는 매일이 다른 곳이라는 점을 강조했다. 도언은 고개를 끄덕였다.

쑨허는 2층 카바레에 있었다. 대낮부터 술잔을 비우던 쑨허를 홍싼만이 나무랐고, 쑨허는 홍싼만을 노려보았다. 두 사람이 옥신각신 다투는 동안 도언은 말리는 척하면서 쑨허의 양복 주머니에 봉투를 넣었다. 취한 쑨허가 비틀거리면서 넘어지자 여러 사람이 부축해서 곁방에 눕혔다.

"따스지에는 워낙 스펙타클하니까. 안 그런가?"

홍싼만이 아무렇지 않은 듯 껄껄 웃으며 도언을 다른 곳으로 안내했다. 극장을 다 돌아본 도언은 따스지에가 여전히 최고의 극장인 것이 홍싼만의 공이라고 칭찬했다. 홍싼만이 어깨를 으쓱 올리고는 언제든 또 놀러오라고 했다.

"내가 정보를 하나 줄까? 상해에 토키[1] 바람이 불 거야. 어디 상해뿐일까, 곧 세계가 온통 토키로 뒤덮일 거야. 그러면 자네도 변사가 아니라 다른 방법을 찾아야겠지. 잘 살펴봐."

도언은 마른침을 꼴깍 삼켰으나 겉으로는 배시시 웃었다.

"역시 매니저님이 최고예요. 이런 고급 정보를 제게 주시다

---

[1] 발성 영화. 영사할 때 영상과 동시에 음성·음악 등이 나오는 영화의 총칭.

니, 정말 감사해요. 저도 살 궁리를 해야겠군요."

"자네가 따스지에를 잊지 않은 덕분이지."

홍싼만이 거들먹거리며 도언을 배웅했다. 그랜드 극장으로 가는 동안 도언은 홍싼만이 한 말들을 곱씹었다. 상해로 오기 전에 본 토키는 짧고 단순했으며 대사보다 음향 효과에 집중한 것이었는데, 지금은 대사가 많이 들렸다. 상해에서도 토키를 상영하는 극장이 점점 늘고 있었다. 그랜드 극장도 마찬가지였다.

도언이 쑨허의 옷에 봉투를 넣은 지 이틀 뒤, 쑨허와 어떤 남자가 총에 맞은 시신으로 발견되었다. 경찰과 상해 청홍방에서는 두 사람이 누군가에게 피습당했을 가능성을 수사했으나 특별한 단서를 찾지 못했다. 쑨허와 함께 발견된 시신은 일본 경찰이 수습했다. 중국인 시신을 일본 경찰이 수습하는 것은 드문 일이었다. 사망하던 날 두 사람이 함께 술을 마시는 걸 본 증인들이 있었고, 그 자리에서 두 사람이 다투었다고 했다. 사소한 다툼 끝에 서로에게 총을 겨누었다고 경찰이 발표했다.

헬렌이 도언과 차를 마시다가 수군거렸다.

"그 죽은 중국인, 우리 사격 연습장에 자주 드나들던 국숫집 주인이야. 스텔라도 본 적 있을 텐데. 그 사람, 사격장에서 일본 경찰하고 자주 만났어."

도언은 숨은별이 쑨허를 통해 밀정을 찾았음을 눈치챘다.

"아직 솜털이 보송보송했는데……."

"누가? 그 중국인은 중년이야."

"아, 아닙니다. 혼잣말이에요."

도언은 자신을 찾아온 여자가 무사히 동료들에게 돌아갔기를 바랐다. 터덜터덜 집으로 돌아간 도언은 문틈에 끼워진 쪽지를 발견했다. 서둘러 쪽지를 펴보았으나 백지였다. 한지에 백반 물로 글씨를 쓴 암호 편지였다. 운기가 초에 불을 켰고, 도언이 종이를 촛불에 비추었다. 백지였던 종이에 촛불이 비치자 붓 자국이 어리비쳤다.

'둘이 잘 지내니 흐뭇하다. 독립의 그 날까지 안녕하길 – 한국인 김상언'

종이를 태우면서 도언이 중얼거렸다.

"독립의 그 날……. 무사하다니 다행이네."

운기가 도언을 안았다. 상언이 자신을 만나지 않고 떠났기 때문에 마음이 시렸던 도언은 따뜻한 체온으로 섭섭함을 녹였다.

"보고 싶네요."

"나도요."

1932년 1월 28일, 상해 사변이 일어났다. 2월 중순에 일본은 육군 3개 사단을 상해로 파견했다. 중국군이 상해 부근에서 퇴각했고, 기고만장한 일본은 히로히토 천왕의 생일인 천장절을 상해 홍구 공원에서 하기로 했다. 천장절은 핑계였고, 사실상 승전을 기념하기 위한 행사였다. 중국인들은 불만을 표했으나 홍구 공원은 이미 일본이 장악한 상태였다. 4월 29일, 천장절 당일에 상해가 발칵 뒤집혔다. 한인 애국 단원인 윤봉길이 단상에 던진 물통 폭탄으로 일본군 수뇌부가 중상을 입었다. 윤봉길은 현장에서 체포되었다. 일본인들은 그 배후로 임정을 겨냥했다. 임정 요인들과 가족들은 상해를 서둘러 빠져나갔고, 뒤처졌던 안창호가 붙잡혔다. 일본 경찰은 안창호에 만족하지 않았다. 이번 기회에 독립 운동의 뿌리를 뽑으려는 듯 조선인들의 집을 뒤지고 체포했다.

그즈음 그랜드 극장이 상영한 미국 영화가 재미 화교를 부정적으로 묘사했고, 중국인들이 강하게 항의하며 소송을 걸었다. 결국 극장을 폐관하기에 이르렀다. 극장에 나가지 못해 일을 쉬던 도언은 임정 가족들이 피신할 때 쩡쉰의 집으로 거처를 잠시 옮겼다. 두 사람이 집으로 돌아온 것은 백범 김구가 윤봉길이 한인 애국 단원이며 자신이 지시해서 폭탄을 던졌다고 신문을 통해 밝힌 뒤였다.

집에는 군홧발이 지나간 흔적이 남아 있고 옷가지와 살림살이가 바닥으로 떨어져 있었다.

"작업을 서둘러야겠소."

운기가 들고 나갔던 큰 가방을 열었다. 상언과 동지들을 찍은 필름이 가방에 차곡차곡 쌓여 있었다. 도언은 상해를 떠난 임정 요인들과 식구들, 그리고 상언이 무사하기를 간절히 바랐다.

한 차례 광풍이 상해를 휩쓸고 간 다음, 중국인들이 조선인을 대하는 태도가 달라졌다. 만보산 사건[1] 이후로 조선인들을 홀대하던 중국인들은 자신들의 군대로 몰아내지 못한 일본인들을 조선인 한 명이 해냈다는 사실에 감명을 받았다.

"우리가 윤봉길 씨에게 많은 빚을 졌어요."

도언은 평소보다 국수가 더 많이 담긴 그릇을 받으며 중얼거렸다.

"그러니 우리가 그 빚을 부지런히 갚아야죠."

운기가 젓가락을 건네며 말했다.

운기가 선택한 16mm 필름은 필름값이 쌌고 카메라 크기가

---

1) 1931년 7월 2일 중국 지린성(吉林省) 창춘현(長春縣) 만보산 지역에서 일제의 술책으로 조선인 농민과 중국인 농민이 벌인 유혈사태.

작아 이동하기 편한 장점이 있었다. 물론 32mm보다 화질이 다소 떨어지고 상영했을 때 화면이 작았으나, 기록을 목적에 두었으므로 그건 문제로 삼지 않았다. 운기는 홍구 공원에서 윤봉길이 폭탄을 투척한 상황을 찍은 필름처럼 자신이 결정적 장면을 찍는 사람이길 바랐다.

현실은 녹록치 않았다. 사사키 모토쥬가 체포되고, 그 이후 모토쥬는 급격하게 변절했다. 모토쥬의 변화 이후로 일본 기록 영화는 방향을 전환했다. 이는 일본의 사회주의 운동이 내리막을 걷는 것과 일치했다. 운기는 자신이 모델로 삼았던 사사키 모토쥬의 기록 영화가 변한 것을 보며 충격을 받았다.

운기는 필름들을 편집하기 시작했다. 촬영에서 편집에 이르기까지 몇 년이 걸린 셈이었다. 도언이 흘깃 쳐다본 그 작업은 다소 엉뚱했다. 그동안 찍은 필름들을 재배치하고 붙였으며, 다른 장면으로 넘어갈 때 전혀 다른 장소가 등장하곤 했다.

극장은 또 한 번 변화하기 시작했다. 토키 영화들이 상해로 빠르게 유입되었고, 이 영화들을 상영하기 위해 영사기를 바꿔야 했다. 그동안 무성 영화에 열광하던 관객들은 발성 영화인 토키에 흥분했다. 필리핀 악사들은 당황했고, 변사들은 불안에 떨었다.

그 사이, 송명기 벽돌 공장에서 중국으로 파견한 직원이 상해에 들렀다. 운기는 명기가 수입하는 벽돌 짐에 무성 영화 필름들을 부쳤다. 자신이 찍은 필름 중에서 은성단 필름을 제외한 것들, 상해파들이 찍었다가 상영하지 않은 채 폐기하려던 필름들, 상영하고 보관할 공간이 없어서 폐기하려던 필름들도 있었다. 필름을 보관하거나 갖고 있어야 한다는 생각보다 어떻게든 작품 수를 늘리고자 하는 사람들이 많았으므로 이미 상영한 필름에 관심을 기울이는 사람들은 적었다.

"지난 번보다 필름이 더 많네요. 이러다 견본 벽돌보다 필름이 더 많겠습니다."

직원이 농담 삼아 건넨 말에 운기가 웃었다.

도언은 새로 개관한 일류 극장[1]인 캐세이 극장으로 찾아갔다. 바닥에 깔린 대리석과 화려한 샹들리에가 번쩍였고 토키를 상영할 새 영사기가 놓였다. 도언이 지배인에게 물었다.

"토키를 보는 관객 범위를 어디까지 잡으실 예정입니까?"

"그게 무슨 소립니까?"

---

[1] 1930년대로 접어들면서 상해 극장은 여러 등급으로 나누어졌다. '일륜', '이륜', '삼륜' 하는 식으로 등급이 매겨졌다. 륜(輪)은 차례, 교대를 의미하지만 'Run'을 음역한 것이기도 했다.

"아시다시피, 극장에 자주 드나드는 애활가들 중에 중국인들이 꽤 많습니다. 영어로 상영하는 토키가 대부분이니 그 말을 해석할 사람이 필요합니다. 극장에 통역관이 필요하단 말씀이죠."

"통역관이라······."

의자 등받이에 비스듬히 기대앉았던 지배인이 도언이 쪽으로 몸을 당겼다. 도언은 토키 시대 상해에서 자신이 살아남을 기회를 놓치고 싶지 않았다.

"소리가 들리는 상황에 흥분하던 사람들도 그 말이 무슨 뜻인지 모른다면 흥미를 잃을 겁니다. 이럴 때 제대로 알려주는 사람이 있다면 그곳으로 사람들이 쏠릴 테죠. 지배인님은 그런 일을 하셔야 합니다. 캐세이가 그렇게 방향을 잡으신다면 저도 얼마든지 도울 수 있습니다."

지배인은 도언이 한 제안을 흥미롭게 듣고는 도언의 연락처를 물었다. 도언은 집 주소를 알려주고 자리를 떴다. 그날 밤 지배인이 같이 일하자는 연락을 보냈고, 도언은 다음날부터 캐세이로 출근했다.

얼마 뒤 캐세이 극장에서 미국에서 만든 토키 영화를 상영했다. 입장하는 사람들은 한 장짜리 프로그램을 받았다. 이 프로그램에는 중국어와 영어, 러시아어로 영화 줄거리와 주인공인

배우 소개가 실렸다. 그리고 특별석에는 쩡쉰을 비롯한 중국인들이 앉았다. 그들은 특별석에 앉으려고 요금을 더 냈다. 특별석에는 긴 줄이 달린 장치가 있고, 그 줄 끝은 귀에 바짝 대면 소리가 나는 장치와 연결되어 있었다. 이 줄은 '이이펑(譯意風)'이라고 불렸다. 이이펑 반대편은 특별석에 딸린 해설원 자리와 연결되어 있었다. 특별석 해설원으로 선 도언이 영화를 보면서 토키에서 들리는 영어를 곧바로 상해어로 통역했다. 특별석 관객들은 배우가 영어로 직접 대사를 전달하는 발성 영화에 놀랐고, 대사를 곧바로 상해어로 번역하는 도언의 실력에 또 한 번 감탄했다.

"이이펑 아가씨 덕분이오!"

외국어 발성 영화를 상해어로 통역하는 특별석은 곧 상해 시내 일류 극장에서 앞다투어 설치되었다. 이이펑으로 영어를 해설하는 사람들은 대부분 여성이었으므로, 이들은 '이이펑 아가씨'라고 불렸다. 그 중에서 도언은 실력이 뛰어난 해설원에 속했다. 변사로 오랫동안 활동한 경력과 헬렌에게 배운 영어, 상해에서 만난 외국인들과 나눈 대화들까지 녹여서 입체적인 통역을 했기 때문이었다.

"네 아버지가 살아오신 것 같았다."

도언이 첫 이이펑 아가씨로 섰을 때를 지켜본 쩡쉰이 소감을 말했다. 도언은 아버지 같은 역관이 되고 싶었던 소원이 이루어졌음을 깨달았다.

운기가 중국으로 올 때 가져온 돈은 오롯이 은성단을 취재하느라 썼고, 가져왔던 돈도 떨어졌다. 그는 명기가 운영하던 벽돌 공장에서 일하면서 벌었던 돈과 상해에서 벌어들인 수익금을 모두 필름에 쏟았다. 명기에게 상해에 자리 잡았으며 도언과 혼인했다는 소식을 알렸을 때 벽돌 공장 직원이 상해로 와서 명기가 축하한다는 소식을 전했다. 그러나 다른 가족들 소식은 없었다. 운기는 아버지인 송 참봉이 자신의 행동을 못마땅해 하기 때문이라고 했다.

"명기 형이 고등 보통학교를 다닐 때 동급생이 자기 아버지가 우리 아버지를 본 듯하다고 했어요. 인천항에서 박래품을 떼다 팔아서 졸부가 된 송상철이라는 상인이 있대요. 명기 형은 그 동급생에게 주먹을 날렸고 그 길로 학교를 때려치웠어요. 그런데 살아갈수록 소문이 사실처럼 다가왔어요. 참봉인 우리 아버지는 명예보다 돈이 최고라고 여겨요. 그런 아버지에게 영화를 찍는 내가 눈에 찰 리 없죠. 우리 동네인 윗뜸에는 김 진사라는 분이 가산을 정리해서 독립 운동을 하려고 온 가족이 만주로 떠나셨는데, 우리 아버지가 그 분 욕을 엄청 하셨어요."

"가족이 보고 싶지 않아요?"

"말이 안 통하는 가족보다 말이 잘 통하는 당신이 옆에 있으니까, 충분해요."

운기가 은성단을 찍은 필름을 편집하고 현상했다. 적잖은 현상비와 인화비는 도언이 댔다.

"아버지가 남기신 돈이에요. 살아 계셨어도 이렇게 쓰셨을 거예요."

도언은 배시시 웃었다.

부부의 생활비는 도언이 책임졌다. 혼인한지 몇 년이 되도록 두 사람은 단칸방인 신혼집에서 머물렀다. 떠도는 상언을 생각하면 편하게 지낼 수 없었고, 가끔 찾아오는 숨은별에게 활동 자금을 보탰다. 그러느라 생활비는 늘 빠듯했다.

도언은 임정 가족들이 생활비 때문에 발을 동동 굴렀던 일들이 남일 같지 않았다. 독립 운동을 하는데 가장 필요한 것은 그 조직을 계속 꾸려나가는 일이었고, 그러려면 넉넉하진 않더라도 끼니를 거르지 않아야 했다. 조선에서 살았더라면 텃밭이나 산에서 푸성귀를 채집할 수 있었겠지만 상해에서는 그럴 수 없었다. 먹을거리는 무조건 돈으로 사야 했고, 입을거리도 마찬가지였다.

이이펑 아가씨들이 활약하는 극장이 늘어날수록 남성 변사들이 설 자리는 좁아졌다. 일류 극장에서 연행하던 변사들은 이류, 삼류 극장에서 무성 영화들을 연행하며 토키 시대에 자신들이 할 일들을 찾기 시작했다.

　상해파들은 영화감독, 촬영 감독, 배우 등으로 이름을 알려 중국인들이 만드는 영화에서도 두각을 드러내기 시작했다. 재윤은 결과를 예측하기 힘든 전개로 반전 효과를 잘 드러내는 감독으로 인정받았다. 운기는 재윤과 함께 언급되는 촬영 감독이었다. 중국인 영화감독들이 운기에게 같이 촬영하자고 제안을 할 때도 있었고, 재윤에게 자금을 댈 테니 영화를 찍자는 중국인들도 있었다. 상해파들은 중국 영화인들과 자연스럽게 섞였고, 같이 작업하는 일이 늘어났다.

　그리고 도언이 첫 아이를 임신했다. 배가 점점 불러오는데도 도언은 해설석에 계속 섰고, 운기는 도언이 해산할 때를 대비해 생활비를 마련할 겸 중국인 감독의 촬영 기사로 일을 맡았다.

　일본이 중국을 야금야금 집어삼키고 있었다. 상해를 떠난 대한민국 임시 정부는 항주로 옮기자마자 다시 전장으로 떠났고, 그곳도 곧 옮겨야 할 지경이었다. 상해파들은 꾸준히 작품 활동을 했지만 중국 사정이 만만치 않게 돌아가자 불안해 했다. 지금까지 조계에서 활동해서 일본의 외교 간섭에서 벗어날 수 있었다. 하지만 이미 상해가 한 차례 일본에 침공을 당했던 터라 다시 침공을 당하면 조계가 유지하던 평화는 산산이 부서질 것이라는 예측이 조금씩 나오고 있었다.

날이 갈수록 몸이 무거워진 도언은 저녁 무렵이면 녹초가 되었다. 그랬지만 누군가 자신을 따라오고 있음을 눈치챘다. 다음날도 마찬가지였다. 도언은 일부러 곧은 길 대신 빙빙 돌아가는 길을 택했는데, 그 사람도 도언을 따라 빙빙 돌아왔다. 발을 질질 끌면서 걷는, 낯익은 소리였다. 도언은 콩닥거리는 가슴을 진정시키며 집으로 돌아와 밖을 살폈다. 도언을 쫓아온 사람이 근처에서 서성이고 있었다. 도언은 곧바로 쩡쉰이 선물한 축음기를 크게 틀었다. 그러고는 침대 바로 밑에 나무틀을 짜서 맞춘 비밀 공간에 숨겨둔 필름통을 확인했다. 손을 탈까 걱정스러워 그 앞에 끼워둔 비단 조각은 있던 자리에 그대로 있었다. 도언은 통을 하나씩 꺼내서 확인한 다음 다시 제자리에 두었다. 그러고는 운기가 돌아올 때까지 기다렸다.

밤늦게 돌아온 운기는 아직 잠들지 않은 도언에게 무슨 일이냐고 물었다. 아이를 가진 다음부터 잠이 많아진 도언이 그 시간까지 깨어있는 경우가 드물었기 때문이다.

"누군가 내 뒤를 밟았어요."

"당신 뒤를?"

운기가 창밖으로 바짝 붙어서 바깥을 살폈다. 어떤 사람이 가로등 아래에서 2층을 올려다보고 있었다. 중절모를 푹 눌러써서 얼굴은 보이지 않았지만 남자였고 중키에 말끔한 양복을 차려입고 있었다.

"암호를 대거나, 다른 눈치는 없었어요?"

"없었어요. 그리고 저 사람, 얼굴은 안 보이지만 누군지 알 것 같아요. 북촌에서 형을 찾으려 나를 쫓던 사람 중 하나예요."

운기의 낯빛이 흐려졌다. 도언은 조용하고 빠르게 속삭였다.

"형을 찾는 중일까요, 아니면 다른 것을?"

"그게 뭐든, 우리에게 유리한 건 아닐 겁니다."

운기가 지켜보는 동안 남자가 발길을 돌렸다. 발을 끌며 걸어가는 남자가 시야에서 사라지자 운기는 서 있던 도언을 침대에 앉혔다.

"당신과 상의할 일이 있소. 오늘 낮에 촬영장으로 숨은별이 찾아왔어요."

"무슨 일이래요?"

"일본의 움직임이 심상치 않고, 상해가 넘어갈 수도 있답니다."

"상해가…… 넘어가요?"

"그리고 일본 경찰이 은성단을 찍은 필름에 대해 알고 있다고 하더군요. 찍은 사람이 나라는 사실은 모르는 것 같다고……."

순간 도언의 머릿속이 복잡해졌다. 궁핍하긴 했으나 자신이 원하던 일을 마음껏 펼쳤던 상해를 떠나고 싶지 않았다. 되도록 이곳에 뿌리를 내리고 싶었다. 도언이 훌쩍였다. 상언을 찾아 나선 길이었으나 함께 지내지 못한 채 다시 헤어져야 하는 상황이 안타까웠다. 그러나 금방 울음을 걷었다.

"필름을 이곳에서 숨겨야겠어요. 그걸 들고 임정 식구들처럼 떠돌아다닐 수는 없어요. 이미 항주에서 전장으로 옮겨갔다는데 그곳도 안전하지 않고요. 한곳에 붙박이로 숨겨야 해요. 우리…… 조선으로 돌아가요."

도언의 말에 운기가 흠칫 놀랐다.

"정말 괜찮겠소? 상언이 이곳에서 무슨 일을 하는지 아는 사람이 조선에 있다면 당신에게 치명타가 될 수 있소."

"필름이 우선이에요. 당신이 은성단을 찍은 이유는 그들이 어떻게 독립 운동을 하는지 알리고 싶은 거잖아요. 지금이 때가 아니면, 독립이 된 이후에라도 알려야죠. 그들이 어떻게 매 순간을 살았는지 알립시다. 조선에서도 내가 할 일이 있을 거예요. 뭐, 지금도 특별히 뭘 하진 않았잖아요."

"왜 한 게 없어요? 당신이 전한 정보 덕분에 동지들이 곤경을 벗어난 일이 몇 번 있었소. 특히 쑨허와 밀정은 전적으로 당신 덕이오."

도언은 한숨을 깊게 내쉬었다.

"할 수 있는 게 그것뿐이니까요. 형과 다른 사람들은 목숨을 걸고 싸우는데, 거기에 비하면 새발의 피죠."

밤이 깊어갔고, 두 사람의 근심도 그에 비례했다. 도언은 잠이 들었다 깨었다 하면서 돌아갈 방법을 궁리했다.

며칠 뒤, 도언이 해설석에 올랐다. 쩡쉰이 앞자리에 앉았고, 도언이 해설하는 시간을 기다렸다가 온 사람들이 그 자리에 같이 있었다. 도언은 특별석을 쭉 훑어보았다. 며칠 전부터 자신을 쫓아다녔던 사람이 그 자리에 앉았고, 한 자리 건너에 윤기가 있었다. 도언은 뒷자리에 앉은 남자를 모른 척 하면서 해설을 시작했다.

한 시간 가량 계속된 해설이 끝나갈 무렵, 도언은 배를 움켜쥐었다. 객석에서 웅성거리는 소리가 흘러나왔다.

"두 사람이 함께 석양을 바라보았습니다. 붉고 찬란한 석양이 두 사람의 앞날을 응원했습니다."

마지막 해설을 마친 도언이 배를 두 손으로 잡고 무릎을 꺾으며 주저앉았다. 뒷자리에 앉은 운기가 앞으로 뛰어나왔고, 앞자리에 있는 쩡쉰도 서둘러 다가왔다. 도언이 식은땀을 흘리며 끙끙거리자 놀란 관객들이 매니저를 불렀다. 급하게 뛰어온 매니저에게 쩡쉰이 외쳤다.

"밖에 내 자동차가 대기 중이오. 얼른 두 사람을 태우시오."

도언의 양쪽 팔을 운기와 매니저가 붙잡았다. 그리고 쩡쉰이 앞장섰다.

"괜찮은 게냐, 스텔라?"

앞장선 쩡쉰이 안부를 물었다. 도언은 끙끙 앓으며 "네."라고 모깃소리로 대답했다. 상영이 끝나 밖으로 나오려던 관객들은 도언이 부축을 받고 나오는 광경을 보며 우르르 몰려들었다. 무슨 일이냐고 궁금해하는 사람들에게 특별석 관객들이 스텔라가 해설 중에 배를 움켜쥐며 쓰러졌다고 대답했다. 캐세이 관객들은 스텔라를 잘 알고 있었다. 따스지에서 안내원이었던 그녀를, 그랜드의 변사였던 그녀를, 어떤 이는 캐세이 변사였던 그녀를 한 번씩 보았거나 들었다. 변사에서 이이펑 아가씨로 변신한 그녀의 노력과 수년째 작은 방에서 살고 있는 검소한 모습까지 알았기 때문에 쓰러진 도언을 걱정하는 사람들은 점점 늘어났다. 도언은 부축을 받으며 쩡쉰의 차에 올라탔다. 쩡쉰은 앞좌석에, 도언과 운기는 뒷좌석에 앉았다. 쩡쉰은 운전사에게 조용히 말했다.

"이제 출발하게."

"예."

그때까지 끙끙 앓는 소리를 내던 도언은 조금씩 허리를 폈고, 도언을 부축하던 운기 또한 마찬가지였다.

"그 남자는?"

도언이 물었다.

"아직 뒤쪽에 있어요."

계속 긴장하고 있던 도언은 그제야 길게 숨을 토했다.

쩡쉰의 차는 병원이 아니라 기차역에 도착했다. 도언이 출근한 사이에 빼낸 짐들은 이미 차 뒤에 실려 있었다. 떠나기로 마음먹은 도언은 쩡쉰에게 상의했고, 사흘 만에 모든 준비가 끝났다. 그 사이 도언은 은행에 남은 돈을 찾았고 재윤에게 떠난다는 사실을 넌지시 알렸다. 재윤은 도언을 경성에서 뒤쫓던 사람이 상해까지 따라왔다는 자초지종을 듣고 파리해진 얼굴로 자신도 조만간 뒤따라가겠다고 했다. 그러면서 자신이 찍은 필름 몇 통을 맡겼다. 준비를 마친 쩡쉰이 보낸 심부름꾼이 새벽에 방문을 두드렸다. 도언은 간단한 짐만 챙긴 채 출근했고, 운기도 카메라 가방을 들고 영화를 보러 왔다.

쩡 대인이 뒷자리에 실린 짐가방 중에서 갈색 가죽 가방을 가리켰다.

"안쪽에 특별히 만든 칸이 있다. 도착하자마자 망치로 부셔서 열어야 할 게다. 절대 들키지 말아야 할 물건이 있다기에 상해 제일가는 장인에게 부탁했다."

쩡쉰이 기차표와 여행증을 내밀었다. 운기 이름은 그대로였으나 도언은 쩡루이쩐이라는 이름을 받았다. 출발할 때 받았던 이름 그대로였다.

"도착하면 여행증을 찢어라. 곧 루이쩐이 조선을 떠날 테니."

"제가 이름을 빌린 걸 루이쩐도 아시나요?"

"알지. 기꺼이 빌려줬단다. 너는 기미년 만세 운동 때 만세를 불렀고, 조선에서 흔치 않은 여 변사였지. 그리고 독립 운동을 하는 오라비를 찾아 상해로 건너왔고. 그건 보통 결심이 아니지."

"저는 대단한 사람이 아닙니다. 그저 여자라서 아무것도 못한다는 말을 듣기 싫어하는 평범한 사람일뿐입니다."

"네겐 평범한 그 조건들이 조선에서는 평범하지 않다는 건 루이쩐도 알고 나도 알아. 모쪼록 순산하길 바란다. 경성에 도착할 때까지 너는 쩡루이쩐이다."

"그동안 감사했습니다."

"또 보자꾸나. 다음 번에는 아기까지 같이 데려오렴."

상해로 들어올 때, 임정이 상해에서 탈출한 직후에 일본 경찰들이 조선인 집들을 유린할 때, 다시 상해를 탈출할 때 쩡쉰이 번번이 도언을 도왔다.

"어르신은 왜 제게 이런 도움을 주십니까? 단지 친구 딸이어서 그러신 겁니까?"

"선대가 내게 편지를 보냈는데, 상언이 군주가 없는 나라로 독립하길 꿈꾼다고 했어. 자신도 그 꿈을 믿어볼까 한댔지. 그런데 그 편지를 받자마자 이곳에 대한민국 임시 정부가 들어섰어. 백성이 주인인 나라라니, 그건 아직 중국도 갖지 못한 나라거든. 그런 나라를 갖기 위해 노력하는 사람들이 있다면 당연히 도와야지."

도언은 쩡쉰을 꼭 끌어안았다.

"그런 나라로 독립하도록 무엇이라도 해보겠습니다."

도언은 자신이 던진 말의 무게를 알고 있었다. 자신이 쏜 총은 번번이 과녁을 벗어나고, 빨치산처럼 광야를 달리지 못하고, 상언처럼 은성단에서 전면적인 활동을 벌이진 못한다는 것도 알고 있었다. 그러나 낯선 중국 땅에서 부딪히면서 삶을 바꿨으니, 말과 글이 통하는 조선이라면 충분히 할 수 있으리라 믿었다.

"무엇이라도 할 거예요. 그게 뭐든."

그것이 쩡쉰과 나눈 마지막 대화였다.

단동까지 기차로 이동한 도언은 짐을 마차에 싣고 압록강 철교를 지났다. 지난번에는 짐도 없고 혼자였으니 별 문제가 없었지만, 이번에는 뱃속 아이와 운기까지 있는 데다 짐도 많았다. 운기와 재윤이 함께 촬영하고 만든 필름들이 한 상자 있었고, 들키지 않아야 할 은성단 필름도 있었다.

검문은 총 두 번 있었다. 압록강 철교에서 이루어진 첫 번째 검문에서는 도언이 해산을 앞둔 임신부인 것처럼 둘러대서 통과했고, 경의선에서 당한 두 번째 검문에서는 중국인인 것처럼 둘러댔다. 실제로 도언이 능숙하게 한 중국어 때문에 헌병대원들은 감쪽같이 속았으며 꽤 많은 필름통은 운기가 영화 중개업을 하는 사람인 것으로 소개해서 의심 없이 넘어갔다. 운기와 같이 작업한 중국인 감독이 꾸민 서류 덕분이었다. 도언은 은성단 필름이 든 가죽 가방을 발치에 두어 발판처럼 사용했고, 헌병들은 신발 자국이 선명하게 남은 가방을 대수롭지 않게 여겼다. 하지만 도언은 긴장을 많이 한 탓에 배가 단단하게 뭉쳐서 끙끙 앓았다. 고통을 참느라 꽉 다문 이가 흔들렸고, 잇새로 바람이 빠져나갔다. 운기는 다 왔다고, 조금만 더 참으면 된다고 속삭였다.

마침내 경성역에 도착했다.

11 · 다시 경성

몇 년 사이에 경성은 눈에 띄게 달라졌다. 낮은 집들이 대부분이었던 곳에 거대한 서양식 건물들이 들어서 있었다. 도언이 떠날 때는 생뚱맞아 보였던 경성역이 이제는 주변 경관과 잘 어우러져 그다지 두드러지지 않았다. 꽤 많았던 인력거 대신 택시가 손님을 실어나르고 있었다.

도언은 집을 내놓았다. 멀쩡한 집을 왜 파느냐고 말리는 곱단에게 도언은 상언을 위해서라고 짧게 대답했다. 집주름[1]은 일본인이나 친일파에게는 절대 팔지 않는다는 곱단의 조건을

---

1) 집을 사고 팔거나 빌리는 흥정을 전문으로 하는 사람.

받아들였고, 정세권을 데려왔다. 정세권은 북촌에서 넓은 한옥들을 사들인 다음 필지를 쪼개어 서양식을 살짝 가미한 개량 한옥을 짓고 있었는데, 이곳에 일본인들이 발을 디디지 못하게 하는 것이 목표라고 했다. 도언은 기꺼이 집을 팔았다. 그리고 작은 집 두 채를 구입했다. 나란히 붙은 두 채 중 하나는 곱단에게, 또 하나는 자신들이 머물 집으로 삼았다. 아버지 유품을 정리하고 상언이 쓰던 물건 중 꼭 필요한 것들만 챙기는데, 이철만이 찾아왔다.

"소리 소문 없이 돌아오다니 재주가 남달라. 김상언도 그런 식으로 국경을 넘나? 언제 상해로 넘어갔는지 모르게 번쩍 나타나더니 대세계[1]에서 안내원으로 활약하다가 갑자기 변사가 되었더군. 거기서 그치지 않고 이이평 아가씨가 되더니 이젠 애를 뱃속에 품고 느닷없이 경성에 나타났어. 도대체 어떻게 드나들었지?"

도언은 낯빛을 바꾸지 않으려고 애를 쓰며 딱딱하게 대답했다.

"내 집에 내가 온 건 문제가 아니지만, 당신이 남의 집에 와

---

1) 따스지에(大世界)와 같은 말.

서 어떻게 왔느냐고 묻는 건 실례요. 그러니 당신부터 용건을 말하시오."

이철만이 한쪽 입꼬리를 살짝 올리며 쯧 소리를 냈다.

"건방진 조센징! 오늘은 여기까지. 내가, 우리가 지켜보고 있다는 사실을 잊지 말도록!"

도언은 이철만의 그림자가 멀리 사라질 때까지 지켜보았다. 그런 다음 천천히 산책하면서 주변을 살폈다. 예전처럼 이 집을 감시하는 눈길이 느껴졌다. 도언은 운기를 애타게 기다렸다. 경성에 도착하자마자 운기는 은성단 필름이 든 가방을 도언에게 맡겼다. 안전하게 필름을 숨길 곳을 찾아 떠난 상태였다.

운기는 보름만에 도언에게 돌아왔다.

"전차 종점에서 멀지 않아요. 먼저 필름을 두고, 그곳에 극장을 지을까 해요."

"그게…… 무슨 말이에요?"

운기가 수첩을 꺼내 펜으로 쓱쓱 전개도를 그렸다. 큰길에서 약간 벗어난 위치였으나 마당과 집이 꽤 큰 곳이었다.

"집주인이 젓갈 장사를 하던 사람이었는데, 세상을 떴대요. 그런데 그 부인하고 두 해를 같이 산 남자가 남편 행세를 하면서 집을 팔려고 내놓았어요. 남자는 왈짜패들하고 시비 끝에 목소리를 잃었대요. 필담으로 소통했죠. 급전이 필요한지 싼값에 내놓았어요. 그런데 이상한 곳을 발견했어요. 아마 그 부인은 남자에게 말하지 않은 것 같아요."

"이상한 곳이라뇨?"

운기가 마당 한쪽에 조그맣게 자리 잡은 네모난 칸을 손가락으로 짚었다.

"여기, 광 아래 빈 공간이 있나 봐요. 마룻바닥이 엄청 울리더라고요. 그곳에 필름을 넣고, 그 위에 극장을 세우는 거예요."

도언이 고개를 끄덕였다. 북촌 집을 팔고 작은 집 두 채를 샀으며, 거기에서 남은 돈과 김선대가 남긴 돈을 합했다. 벽돌 건물 3층을 짓기에는 부족했다. 그러나 일단 시작해 보기로 했다.

양주의 윗뜸으로 인사를 갔을 때, 도언은 운기가 왜 가족들과 멀어졌는지 단박에 알아차렸다. 아버지인 송상철은 운기에게 돈을 벌지 못하면서 쓰기만 하는 밥버러지라고 나무랐고, 딸 희주를 호열자[1]로 잃은 새어머니는 운기에게 관심이 없었

---

1) 콜레라 전염병. 주로 식수를 통해 전염되었으며, 세계적으로 수백만 명의 목숨을 앗아갔다.

다. 송상철은 훌쩍 중국으로 떠났다가 혼인까지 마음대로 한 운기를 못마땅하게 대했다. 그러나 도언에게는 달랐다. 운기보다 먼저 혼인한 명기에게 자식이 아직 없으므로 도언이가 낳을 아기에겐 지대한 관심을 보였다.

"앞으로 뭘 할 거니?"

명기가 물었다.

"극장을 만들까 합니다. 부지는 마련했고, 벽돌로 3층짜리 건물을 쌓으려 해요."

"스케일이 큰 녀석은 역시 다르구나. 그래, 누군가 예술은 해야지. 그게 너라서 다행이고. 벽돌값은 깎아주마. 우리 벽돌을 써야 해."

도언은 짧은 만남을 뒤로 하고 윗뜸을 떠났다.

"형이 당신을 꽤 믿는군요."

"당신과 상언처럼 돈독하진 않지만, 우리도 잘 맞는 편이지요. 명기 형은 공부에 소질이 없으니 차라리 돈을 벌겠다면서 1년을 돌아다녔어요. 그러다 벽돌 공장을 차린 거예요. 지금도 눈에 선해요. 형이 벽돌 건물을 찍은 사진 엽서들을 가져왔어요. 경성에서는 이런 집들이 유행이라나요. 앞으로 이런 건물들이 더 생길 테니 자신은 벽돌을 만들겠다고 했죠. 그러면서 돈은 자신이 벌 테니 저더러는 하고 싶은 걸 찾으라고 했어요.

영화를 하겠다고 했을 때, 중국으로 간다고 했을 때, 거기에 머무르겠다고 했을 때 형은 늘 알았다고 했어요."

도언은 명기가 그동안 운기에게 끼친 영향들을 돌아보았다. 윗뜸에서 경성, 동경, 만주, 상해를 잇는 긴 여정동안 운기가 배를 곯지 않았던 이유가 명기 때문이었다. 도언이 김선대 덕분에 조선 밖으로 나갔던 것과 마찬가지였다. 상언이 오랫동안 바깥 생활을 버틸 수 있는 힘도 김선대 덕분이었다.

이런 도움을 값지게 남기고 싶었다. 기미년 만세 운동 때 들었던 그 외침과 선언문은 지금도 또렷하게 되살려낼 수 있었다. 그 때 외쳤던 구호들 중에서 '대한 독립 만세'라는 문구를 꼭 이루어내고 싶었다. 도언은 이마에 남은 흉터를 만지작거리며 다짐에 다짐을 더했다.

집을 옮기고 얼마 지나지 않아 도언이 해산을 했다. 이틀 낮 밤을 진통을 견디면서 아들을 낳았다. 산파가 돌아간 뒤, 곱단이 도언에게 갓 태어난 아들을 안겼다. 도언은 아기를 어루만지며 울었다.

"좋은 날에 왜 울어?"

"너무 좋아서 그래요, 이모. 나는 형이 꼬맹이일 때를 모르는데……."

"진짜 많이 닮았네. 잘 지내겠지?"

"그러겠죠."

무소식이 희소식이려니, 경찰이 상언이 소식을 묻지 않는 것으로도 다행이려니, 사건에 연루되었으니 조사해야 한다며 끌려가지 않는 것으로 위안을 삼았다. 도언은 새근새근 잠이 든 아기 얼굴을 쓰다듬었다. 서당에 함께 다닐 때가 까마득히 먼 옛날 같았다.

운기가 아이 이름을 송진형으로 지었다. 아들을 낳았다는 전보에 송상철이 수고했다는 전보를 답으로 보냈다. 그리고 삼칠일이 지나는 날에 맞춰 윗뜸에서 건너왔다. 아직 몸이 채 회복되지 않은 도언이 상철을 맞았다.

"진작 오고 싶었는데, 마누라가 동티[1] 난다고 막는 바람에 이제야 왔다."

상철은 진형을 안고 얼르며 히죽이죽 웃었다.

"손이 귀한 집에 대를 이었으니 네가 참 큰일을 했다. 뭐 필요한 게 있으면 말하거라."

"극장을 지을 수 있게 도와주십시오, 아버님."

---

[1] 건드려서는 안 될 것을 공연히 건드려서 스스로 걱정이나 해를 입음. 또는 그 걱정이나 피해를 비유적으로 이르는 말.

"뭐?"

"진형이를 위한 일이기도 합니다."

"운기가 극장 운운하기에 입도 뻥긋하지 못하게 했더니, 너까지 그 타령이냐. 정말 그걸 꼭 해야겠니?"

"네, 꼭 해야겠습니다."

상철은 콧구멍을 씰룩거리다 마지못해 고개를 끄덕였다.

이로써 극장을 지을 돈을 다 마련하였다. 반은 김선대가, 나머지 반은 송상철이 투자한 극장이었다.

극장을 설계한 사람과 도언은 한 번도 마주치지 않았다. 설계사는 도면을 넘긴 다음 곧바로 경성을 떠났다고 했다. 운기는 믿을 만한 사람이라고 했고, 도언은 그도 숨은별일 것이라 짐작했다. 운기는 밖에서 안을 볼 수 없도록 극장 터에 가벽을 세웠다. 그러고는 기초 공사를 혼자서 하다시피 했다. 공사를 맡은 인부들이 터에 도착했을 때, 이미 바닥과 일부 벽은 완성이 된 상태였으므로 공사 일정을 앞당길 수 있었다.

도언은 일자리를 찾았으나 토키가 유행하기 시작하면서 무성 영화를 상영하는 극장이 현격하게 없어졌기 때문에 변사로 설 자리는 찾기 힘들었다. 진선관도 사정은 마찬가지였다.

"상해에서 이이펑 아가씨로 지냈습니다. 그러니 통역할 일이 있다면 뭐든 맡겨 주십시오."

도언은 진선관뿐만 아니라 단성사에도 자신이 돌아왔음을 알렸다. 그러나 도언에게 일을 맡기는 곳은 없었다. 경성에 드나들던 외국인들도 하나둘씩 고국으로 돌아간 상황이라 통역이 필요한 일도 드물었다. 게다가 상해와 달리 경성에서는 일본 영화 비중이 점점 높아지고 있었다.

일자리를 찾지 못한 도언은 진형과 많은 시간을 보냈다. 아이가 몸을 뒤집고 기어다니는 사소한 일상에 걱정거리를 잊었다.

그러는 동안 상해파들이 하나둘씩 귀국했다. 재윤이 가장 늦게 상해에서 빠져나왔다. 돌아오자마자 자신의 필름을 찾으러 온 재윤은 일본이 상해로 2차 침공을 했다는 소식을 전했다. 다락에서 재윤이 찍은 필름을 꺼낸 도언에게 재윤이 제안했다.

"돌아온 기념으로 상해파들이 상영을 하려고 해. 그때 내 영화에 변사를 맡아줄래?"

"기쁘게 맡을게요."

재윤은 상영할 필름의 설명서를 도언에게 건넸다. 오랜만에 변사석에 설 생각에 마음이 들뜬 도언은 설명서가 해지고 닳도록 읽고 또 읽었다.

조선인들이 상해에서 영화를 만들었다는 소문을 익히 들었던 사람들은 상해파들이 상영하는 영화를 보려고 극장으로 왔다. 발성 영화와 무성 영화가 다양하게 발표되었는데, 재윤은 두 개 극장에서 발성 영화와 무성 영화를 번갈아 상영했다. 그 중 무성 영화에 도언이 변사로 연행했다. 환상을 꿈꾸는 사람과 이를 거부하는 사람들이 충돌하는 영화였는데, 도언은 연행하는 내내 환상을 꿈꾸는 사람에 감정을 이입했다. 관객들은 일본에 억눌려 지내는 동안 잊었던 꿈과 자신들이 두 손을 번쩍 들어 만세를 외쳤던 때를 떠올렸다. 관객들이 흥분하는 소리에 도언은 자연스럽게 리듬을 탔고, 객석 한쪽에 앉은 임석 경관을 잊을 정도로 몰입했다.

두 번째 연행을 한 날, 망사가 달린 모자를 쓰고 원피스를 차려 입은 여인이 도언에게 다가왔다. 도언은 그 여인을 찬찬히 훑어보다가 눈을 크게 떴다.

"아림이니? 정말 너 맞아?"

"알아보는구나. 잘 지냈어?"

아림은 종로통에 있는 카페 비너스에서 일한다고 했다. 도언이 기억하는 아림은 치마저고리를 입고 곧 동경으로 유학을 떠난다며 꿈에 부풀었던 여자아이였다. 아림은 도언의 소식을 전하는 역할을 하면서 재윤과 친해졌다. 한 번도 만나지 못한 사이었으나 아림은 재윤이 편지로 전하는 상해 이야기에 푹 빠졌고, 재윤도 아림의 생각에 공감했다. 아림은 재윤이 돌아온다는 전보를 받자 경성역으로 마중을 나갔다. 처음 만난 사이라고 믿기 힘들 만큼 손발이 척척 잘 맞았다. 재윤은 다음 영화에 주연을 맡아달라고 청했고, 아림도 기꺼이 응했다.

재윤이 감독한 영화 두 편은 전석 매진을 이루었다. 마지막 상영이 끝난 다음, 재윤은 도언이 집으로 청주 한 병을 들고 찾아왔다.

"이 자리에 없는 이들 몫까지 건배!"

"건배!"

셋은 입 밖으로 꺼내지 않은 사람들을 하나둘씩 떠올리며 술잔을 비웠다. 진형이 꼬물거리며 기어와 운기에게 안겼다. 도언은 진형을 돌보느라 극장에 오지 못한 곱단에게 자신이 연행한 것을 재현했다. 곱단은 손뼉을 치고 추임새를 넣으며 감탄했다.

"첫날 봤을 때보다 더 좋았나 보네."

"아녜요. 그날은 그날대로, 오늘은 오늘대로 좋았어요. 오늘은 마지막이니까 제가 좀 흥분했어요. 혹시 실수하진 않았나요?"

운기가 고개를 가로저었다.

술을 몇 잔 연거푸 마신 재윤은 상해에서 있었던 일들을 이야기했다. 운기와 도언이 그 말에 맞장구쳤다. 밤늦게 집으로 돌아가겠다고 일어선 재윤이 비틀거렸다.

"갈 수 있겠어? 그냥 한쪽에서 자고 가."

"아냐. 잠은 집에서 자야지. 오늘 즐거웠다. 도언이 연행도 좋았고. 상해에서 같이 있던 때로 돌아간 것 같았어. 나중에 네 극장이 완공되면 그때 다시 상영하고 싶어. 참, 운기. 새로운 영화 들어가려는데 같이 하자. 모레 조선 발성 경성 촬영소 앞에서 만나지."

"좋아. 기대되는 걸."

운기가 재윤을 바래다주러 갔다. 돌아온 운기는 재윤이 콧노래로 중국 노래를 흥얼거렸다고 전했다.

이틀 뒤, 함께 촬영을 하기로 한 장소에 재윤이 나타나지 않자 운기가 집으로 찾아갔다. 세간들이 엉망진창으로 흩어져 있고, 필름통에서 필름이 혀를 내밀듯 나와 있고, 심지어 어떤 필름은 가위로 잘려 방바닥에 뒹굴고 있었다. 재윤은 없었다.

운기는 종로 경찰서에 재윤의 실종 신고를 했다. 실종된 지 사흘째 되는 날, 재윤을 보았다는 목격자가 나타났다. 목격자는 재윤이 상영한 영화를 극장에서 보았고 상영 후에 감독 인사를 할 때까지 있었기에 한눈에 알아보았다고 했다.

"노재윤 감독은 술에 취한 듯 비틀거리며 강가를 걷고 있었고, 어떤 남자가 팔짱을 끼고 있었어요."

운기와 도언은 실종 신고를 한 사람이면서 마지막까지 같이 있었기 때문에 경찰 조사를 받아야 했다. 도언은 자신에게 다가온 이철만이 던진 질문에 귀를 의심했다. 이철만은 경기도 경찰부에서 일하고 있었는데, 종로 경찰서에 자주 들락거렸다.

"노재윤과 얼마나 친했지? 혹시 노재윤이 상해 밖으로 떠돌아다닌 적이 있나? 만주나 하얼빈으로 여행을 떠난 적은 있나?"

"내가 알기로는 노재윤 감독은 상해에서 십 리 밖으로 나가지 않았소. 그는 필름 값을 버느라 늘 일을 해야 했으니까요."

"그렇다면 김도언을 상해에서 만나기 전에 노재윤이 움직였을 수도 있겠구만."

"어딜 움직여요?"

"나한테 질문하지 마! 그리고 노재윤을 찾고 싶으면 기다려. 알겠나?"

이철만이 쌀쌀맞게 돌아섰다.

운기는 잘린 필름을 가져와 이어 붙이면서 사라진 몇 장면들을 안타까워했다. 재윤이 찍은 필름들을 다락으로 옮긴 운기는 진형이 잠든 밤에 도언에게 속삭이듯 말했다.

"아무래도 이상해요. 사라진 장면들이 모두 들판이거나 초원을 찍은 장면들인데, 상해 밖 교외에서 촬영한 것들이거든요.

혹시 필름에서 뭔가를 찾는 걸까요?"

"더 조심해야겠어요."

재윤의 행방은 묘연했다. 경찰서에서도 아직 못 찾았다는 답을 되풀이했다. 실종이 길어지자 상해파들 사이에서 재윤이 사라진 게 아니라 일본 경찰들에게 당한 게 아니냐는 추측이 흘러나왔고, 그 추측이 사실이든 아니든 몸을 사려야 한다는 주장에 힘이 실렸다. 도언은 그 추측에 원인이 부족하다고 여겼다. 경찰이 재윤을 해코지할 이유가 불분명했다. 그는 영화를 사랑했고, 사랑하는 영화를 마음껏 만들기 위해 상해로 건너갔고, 그곳이 위험해지자 돌아왔을 뿐이었다. 〈애국혼〉에 출연한 것 이외에는 별다른 일이 없기 때문에 재윤의 실종은 도언을 더욱 불안하게 했다.

도언은 카페 비너스에서 아림을 만났다. 아림은 재윤이 사라졌다는 말에 칼피스를 마시던 손을 떨었다.

"재윤 씨가 네게 소개 받았다며 경성 소식을 알려달라고 부탁했거든. 내가 배우를 계속 해야겠다고 마음먹었던 것도 재윤 씨 덕분이었어. 가끔 북촌에 들러달라는 말에 곱단 아주머니 소식을 알렸어. 그리고 보니 누군가 자기 방을 뒤지는 것 같다며 농담을 했어. 그게 농담으로 할 얘기는 아니잖아."

"언제?"

"다음 작품에 날 주연으로 쓰겠다면서 찾아왔는데, 좀도둑이 두 번 들었다고 했거든."

"뭘 가져갔대?"

"수첩 한 권이 없어졌다고 하더라. 작품 구상을 적은 수첩인데, 악필이어서 무슨 글씨인지 남들은 잘 못 알아본다고 했어."

재윤을 찾기에는 부족한 단서였지만, 도언을 긴장하게 만들었다.

답답한 도언은 진형을 업고 종로통을 돌아다니곤 했다. 그러다 야시장을 구경하면서 팽팽한 긴장을 풀었다.

종로 2정목 종각 근처에서 3정목 탑골 공원에 이르는 도로에는 야시[1]가 개설되었는데, 야시는 10월 말일까지 매일 밤마다 열렸다. 만세 운동이 벌어졌던 기미년과 순종 서거와 대상제 때를 제외하고는 꼬박꼬박 열린 야시는 경성 시민들에게 큰 인기를 끌었다. 네 기둥을 세우고 그 위로 천장을 가로지르는 나무를 걸친 다음, 광목 포대를 둘러친 포장 안에서 화장품, 철물, 과실, 지물, 포목 등 값싼 일용 잡화나 생필품을 팔았다.

도언은 야시 점포들을 둘러보다가 탑골 공원 근처 점포에서

---

[1] 야시장과 같은 말.

나무를 깎아 만든 검은 개를 집었다.

"그건 안 팝니다."

"야시에서 안 파는 물건도 있나요?"

점포 주인인 중늙은이가 도언을 뚫어져라 쳐다보았다.

"누군가 했더니 변사님이시구려. 그 검은 개는 별을 찾는 파수꾼이라오."

도언이 중늙은이를 찬찬히 살폈다. 그가 검지와 중지를 교차하여 가슴에 댔다 뗐는데, 어찌나 재빨랐는지 도언이 말고는 다른 사람들이 눈치채지 못할 정도였다. 상언이 알려준 신호 중 하나였다.

"제가 뭘 사면 좋을까요?"

중늙은이는 무심하게 갈색 허리띠를 툭 던졌다.

"5원만 내시구려. 싸게 드리는 거요. 바깥양반께 잘 어울리실 겁니다."

도언은 집으로 돌아와 방문을 걸어 잠갔다. 그러고는 허리띠를 풀었다. 겉으로 보기에는 가죽끈을 꼬아서 만든 허리띠 같았으나, 갈색으로 염색한 종이에 글씨를 쓴 다음 다시 가늘게 찢어 꼬고 부속품을 단 것이었다. 업힌 진형이 칭얼거렸으나 도언은 집중해서 글자를 맞추었다.

'필름을 찾는 이들이 있으니 조심하렴. 그리고 우치다에 대

한 정보를 공유하기 바란다. - 김상언'

도언은 상언이 필체가 남아 있는 조각난 종이들을 그러쥐고 품에 안았다. 오랜만에 온 소식이었으나 간직하기에는 위험했다. 도언은 종이를 아궁이에 넣고 허리띠 부속품들은 반짇고리에 넣었다. 밤늦게 돌아온 운기는 필름을 찾는다는 소식에 이맛살을 찌푸렸으나 웃으면서 말했다.

"설계도뿐만 아니라 어디를 보더라도 알아볼 수 없을 테니. 극장 터 주인이 와도, 당신이라도 못 찾을 겁니다."

"내가 못 찾는다고요?"

"나중에, 그 필름을 상영할 수 있는 날이 오면 그때 위치를 알려줄게요. 그 전까지는 당신도 모르는 게 좋겠소."

그러면서 운기는 잘린 필름 조각을 보여주었다. 자신이 만든 필름의 뒷부분에 있는 엔딩 크레딧이었다. 엔딩 크레딧에는 출연자와 감독, 편집 등 이 필름에 관계된 사람들 이름이 적혀 있었다. 그 조각에서 '편집 노재윤'이라는 글씨를 알아보았다. 도언은 필름 조각들 또한 아궁이에 넣었다. 종이를 태울 때와 달리 매캐한 냄새와 연기가 부엌을 채웠다. 재윤이 그 필름을 편집한 사실을 몰랐던 도언은 이 사실이 재윤의 실종과 관계된 것은 아닌지 의심스러웠다. 그러나 만약 재윤이 이 필름 때문에 잡힌 것이라면 실제로 그 필름을 촬영하고 만든 운기에게 더 큰 문제가 생겨야 하는데 그런 낌새는 보이지 않았다. 미행이 붙거나 감시를 당하는 사람은 도언이지 운기가 아니었다.

조선 영화인 협회가 결성되었고, 세계가 전쟁의 소용돌이에 휘말려 들었다. 독일과 이탈리아가 유럽을, 일본이 동아시아와 중국을 침략해 야금야금 제 세력을 넓히고 있었다. 특히 일본의 전세가 점점 강해짐에 따라 조선인들은 일본이 가진 군사력에 당황했고 더 멀어지는 조선의 독립에 좌절했다.

불안한 시간이 흐르는 동안 극장이 조금씩 모양을 갖추었고, 운기는 바빠졌다. 영화 촬영을 맡기려는 감독들이 있었으나 운기는 더 이상 촬영을 하지 않겠노라고 거절했다. 극장을 짓느라 여력이 없다는 핑계를 댔으나 실상은 대본이 마음에 들지 않았다. 그들이 촬영하고자 하는 영화들은 예전과 판이하게 달랐다. 무기력한 아버지와 자식에게 헌신하는 어머니, 그들 사이에서 아들은 조선 총독부가 강조하는 사업이거나 일본에 이로운 일을 했다. 〈아리랑〉처럼 조선의 색깔을 드러내거나 조선인에게 힘을 주는 영화는 찾아볼 수 없었다. 상해파라고 크게 다르지 않았다. 운기는 상해파든 아니든, 영화를 계속 하고자 하는 사람들이 갖고 있는 한계를 절실히 깨달았다. 그들에겐 영화에 대한 열정과 기술은 있었지만 촬영하고 상영할 자본을 갖지 못했다. 전쟁의 여파와 발성 영화로 접어들면서 필름 값이 올랐고 필름을 어떻게 아껴서 찍느냐를 고민해야 했다. 이 런저런 일들이 겹쳐 영화는 점점 일본의 선전용 도구처럼 변하기 시작했다. '조선 영화령'이 공포되어, 영화 제작과 배급이 허가제로 바뀌었고, 이 또한 총독부가 관할하자 상황이 더 나빠졌다.

우치다는 조선 총독부 경무국장이었다. 도언은 우치다가 카페 비너스에 자주 들른다는 사실을 알아내고 아림에게 부탁했다. 아림은 우치다가 일주일에 두 번 카페 비너스에 들렀는데, 그곳 주인인 미도리와 친하다고 했다. 커피를 무척 좋아하며, 몇 년 동안 골치 아프게 하던 일이 한 번에 해결될 것 같다며 좋아했다고 전했다.

"이 씨 성을 가진 경무보가 우치다를 아버지라 부르더라."

"이 씨? 혹시 양미간에 큰 사마귀가 있고, 쇳소리 같은 목소리를 내는 사람이야?"

"맞아. 미도리 말로는 우치다가 그 경무보랑 동생을 양자로 들였대. 조선인들 습성을 파악하기 위해서라는데. 끔찍하지? 그 경무보 말로는 동생이 중국에서 불령선인들에게 살해당했대. 그 증거를 찾는 중이라던데. 너, 왜 그래?"

"아, 아무것도 아니야."

도언은 덜덜 떨리는 손을 등 뒤로 감췄다.

아무것도 아니길 바랐다. 그러나 운기가 찍은 필름에 담긴 장면이 겹쳤다. 밀정, 들판, 별, 은성단……. 도언은 고개를 흔들며 불길한 생각들을 떨쳤고, 알아낸 정보들을 쪽지에 적었다.

변사 자리는 물론이거니와 통역 일도 구하지 못한 도언은 야시에서 신성훈 변사에 대한 소식을 들었다. 진선관과 단성사를 오가며 활동하던 신성훈은 발성 영화가 유행하면서 일자리를 잃었다. 도언이 영어와 중국어를 통역하면서 토키에 대응한 것과 달리, 변화를 받아들이지 못했던 신성훈은 지방 극장을 전전했다. 그러나 발성 영화가 빠르게 보급되면서 그마저 수월하지 않았다.

"듣자니 아편쟁이가 됐다던데. 탑골 공원 근처에서 해바라기 한다는 소문도 있고."

검은개가 말했다. 도언은 검은개에게 윤형수의 안부를 물었다.

"토키가 들어오기 직전에 은퇴했답니다. 윤 변사가 산골과 섬을 찾아다니면서 휴대용 영사기를 틀어서 상영한다는 소문도 있고요. 정확하진 않습니다만."

처음 만났을 때는 눈치채지 못했으나 여러 번 만난 검은개는 나이가 그리 많아 보이지 않았다. 검게 그을리고 얼굴 곳곳에 난 흉터, 짙은 턱수염이 중늙은이로 보이게 했지만 하나씩 그 부분을 걷어내면 상언과 비슷한 또래로 보였다. 도언이 만난 숨은별 중에서 검은개처럼 여러 번, 오래 만난 사람은 처음이었다.

"지난번에 부탁하신 물건, 여기 있습니다. 5원입니다."

검은개가 물건을 내밀었을 때 도언은 눈을 깜박였다. 자신이 검은개에게 책을 부탁한 기억이 없었다. 그러자 검은개가 한쪽 눈을 찡긋 감았다 뜨더니 곧 다른 손님을 맞았다. 도언은 주머니에서 5원과 우치다에 대한 정보가 적힌 쪽지를 포개 검은개에게 내밀었다. 검은개는 도언이 내민 돈을 주머니에 곧바로 넣었다.

책은 잡지와 같은 판형이었으나 얇아서 포대기와 가슴 사이에 끼웠다. 그러나 업힌 진형이가 버둥거리면서 포대기가 흘러내렸다. 도언은 행여 책이 빠질세라 포대기 끈을 바짝 죄었다. 그러고는 종종걸음으로 집으로 돌아왔다.

진이 빠진 도언은 포대기를 풀었다. 갑갑한 상황에서 벗어난 진형은 바닥을 기었고, 도언은 포대기를 치우지 못한 채 검은개가 건넨 책을 살폈다. 평범한 문예 잡지 같은 겉표지를 넘긴 뒤, 도언은 마른침을 삼켰다. 그 책에 단파 라디오로 외국 방송을 수신하고 필사한 기록이 적혀 있었다. 집 한 채 값인 단파 라디오라 하더라도 외국 방송이 잘 잡히지 않았는데, 누군가 개조해서 수신했거나 아니면 국경 근처에서 이 방송을 수신한 사람들이 전한 소식이었다.

윗뜸 운기의 본가에도 라디오가 있었다. 다이얼을 돌려 주파수를 맞추면 경성 방송국에서 송출하는 조선어 방송이 잡혔다.

"제이디오케이(JDOK), 여기는 경성 방송국입니다."

검은개가 전한 소식은 경성 방송국이 아니라 중국에서 넘어온 것이었고, 중국어로 적혀 있었다. 일본은 자신들이 벌이는 모든 전투에서 승리하고 있다고 선전했지만, 소식에는 그 선전을 낱낱이 반박하는 근거들이 적혀 있었다. 일본군과 싸워서 이긴 중국군과 그 군대에 합류한 한국인들이 있고, 임정이 기강으로 옮겨갔다고 했다. 상해에서도 한 곳에 머무르지 못하고 몇 번을 옮겨야 했던 대한민국 임시 정부는 상해를 떠난 이후로 중국을 떠돌고 있었다. 항주, 전장, 장사, 광주, 유주를 거쳐 기강이라니, 꽤 긴 거리를 옮기면서 명맥을 유지하고 있었다. 도언은 상해를 탈출했던 임정 식구들을 떠올렸다. 그때에도 적잖은 인원이었는데 중국과 일본이 전투를 벌이면서 흩어졌던 사람들이 임정으로 모인다면 그 인원이 늘어났으리라 짐작했다.

남경에는 대학살이 일어나 수많은 민간인들이 목숨을 잃었다고 했다. 시내 곳곳에 피비린내가 코를 찔렀고 눈에 띄는 대로 죽였다는 끔찍한 소식도 있었다. 그럼에도 불구하고 살아남은 중국인들과 조선인들은 일본과 싸우고 있다고 했다.

"형은 잘 있겠지?"

그 소식 중 어디에든 상언과 관련된 움직임이 있을 것이다. 도언은 상언이 계속 싸우길 바랐다. 숨은별이 자신을 찾아오거나 연락을 취하는 것은 상언이 무사하다는 증거이기도 했다.

도언은 이 소식을 골목마다 낙서로 알렸다. 여전히 독립을 위해 애쓰는 사람들이 있으며 임시 정부가 건재하다는 소식은 입에서 입으로 전해져 도언에게 다시 돌아왔다. 그러면 도언은 처음 듣는다는 듯 놀라는 척 연기를 했다.

일자리를 구하던 도언은 수복 양복점이 화신 백화점에 차린 분점을 맡겠다고 나섰다.

"변사님이 백화점에서 숍걸로 일하는 게 영 마음에 걸립니다."

수복 양복점 주인인 박상현이 두 손을 비비며 어쩔 줄 몰라 했다.

"상관없어요. 이젠 무슨 일이든 밥벌이라면 괜찮아요."

도언은 단호했다.

"그리고 극장이 완공되면 그곳에서 변사로 설 거예요. 극장에서 부를 때까지 기다리진 않겠어요. 그러니 그 일자리를 제게 맡겨 주세요."

일자리를 따낸 도언은 운기에게 백화점에서 근무할 시간 동안 진형을 볼 사람이 필요하다고 하자, 운기가 앞머리를 긁적이다가 입을 열었다.

"진형이를 윗뜸에 보내면 어떨까요? 이제 극장 공사도 마무리 단계로 접어들었으니 잠시만 진형이를 맡깁시다. 공사가 끝나면 내가 안사람 역할을 할 수 있고, 당신이 바깥 일을 하면 되겠네요."

도언은 운기를 물끄러미 보았다. 그 시선을 느낀 운기가 피식 웃었다.

"쑥스럽게, 왜 그렇게 봐요?"

"당신은 나를 항상 믿었고 내 편이었어요. 애교가 많지도 않고, 심지어 무뚝뚝한데다 남자로 불려도 하등 이상할 게 없는 나를 한결같이 믿는 이유가 뭘까 궁금해서요."

운기는 도언이 어깨에 두 손을 올렸다.

"당신처럼 심지가 곧고, 하고 싶은 목표가 있고, 영화를 사랑하는 동지를 아내로 삼았으니 내가 믿어야 할 이유는 밤하늘 별보다 많습니다."

"……."

"울지 말아요. 진형이가 흉보겠소."

"진형이는 독립 국가에서 살까요?"

"그렇게 될 겁니다. 그 때가 되면, 상언이도 돌아올 테죠. 그러면 상언은 객석에, 나는 영사실에, 당신은 변사석에 서요. 어쩌면 재윤이가 객석에서 손뼉을 칠 수도 있겠죠. 그때 진형이는 뭘 할까요? 삼촌에게 재잘재잘 이야기할까, 아니면 쭈뼛거리면서 몸을 배배 꼴까, 그런 상상을 합시다."

도언은 울음을 걷었다. 아버지가 상언과 자신을 믿었듯이, 자신도 진형을 믿는 어머니가 되고 싶었다. 지금보다 더 강하고 냉철한 사람으로 변해야 혹독한 시절을 견딜 수 있을 것이다. 다음날 진형을 윗뜸에 데려다 놓으면서, 도언은 울지 않았다.

경성에는 백화점들이 여러 개 들어와 있었다. 일본인들이 드나드는 '미쓰코시 백화점'과 '미나카이 백화점'이 있고, '조지야 양복점'이 세운 '조지야 백화점'은 '정자옥'이라고 불렸다. 조선인들은 '히라다 백화점', '화신 백화점', '동아 백화점'에 자주 갔다. 승강기가 있는 백화점을 찾는 모던 보이와 모던 걸들은 신식 문물을 빠르게 받아들였다.

백화점에서 일하는 숍걸들은 보통학교 이상의 학력과 미모를 지닌 백화점 상품 판매원이었다. 도언은 화신 백화점 숍걸들 중에서는 나이가 많은 편이었지만, 또 다른 장점을 갖고 있었다. 경성에서 외국인들이 많이 빠져나갔다고 하나 아직 남아 있는 사람들이 있었고, 그들에겐 의사소통이 원활한 사람들이 필요했다. 화신 백화점의 수복 양복점에 김도언 변사가 숍걸로 있다는 소문은 금방 퍼졌다. 양복을 맞추러 온 사람들은 상해 멋쟁이들이 어떻게 입는지를 도언에게 물었고 중국어와 영어로 대화를 나누었다.

도언은 야시에서 검은개가 전해준 책을 여러 번 샀다. 그러다 김동혁 훈장이 검은개와 수군거리는 모습을 보았다. 김동혁이 검은개에게 '김백형'이라고 부르는 걸 들었으나 도언은 듣고도 못 들은 척 보고도 못 본 체했다.

극장을 완공하려고 운기는 극장에서 살다시피 했다.

준공식은 11월 초, 화신 백화점이 쉬는 날로 정했다. 수복 양복점도 문을 닫았고, 윗뜸에서 송상철을 비롯한 가족들이 왔다. 상해파들을 비롯하여 많은 사람들이 준공식 자리에 함께했다. 3층 벽돌 건물에 바닥을 깊게 파서 반층 지하로 내려간 곳에 무대가 있었고, 무대와 연결된 객석은 1층 높이까지 이어졌다. 2층과 3층에는 빈 사무실이 있었는데, 준공식이 끝나면 2층에는 출판사가, 3층에는 카페가 들어올 예정이었다.

운기는 진형을 품에 안고 간판을 달았다. 현판 글씨는 김동혁이 썼다.

"비성관이라, 비밀스러운 별? 비밀스럽게 스타를 키우는 곳인가?"

명기가 간판을 보며 물었다.

"그렇지. 여긴 스타를 키울 수 있는 극장이니까."

명기는 송상철을 흘깃 쳐다본 다음 운기에게 소곤거렸다.

"말로는 못마땅한 척 하지만, 며칠 전부터 아버지는 동네방네 둘째가 극장 주인이 된다고 소문을 내셨어. 양복을 걸쳐서 모던 보이가 되는 게 아니라 둘째 정도는 되어야 진짜 모던 보이라고 으스대셨지."

대형 선풍기가 달린 벽, 250여 명이 앉아서 관람할 수 있는 객석, 객석 뒤편에 있는 영사실, 무대 뒤에 있는 분장실, 무대 위에 설치된 조명, 모든 것이 완벽한 극장이었다.

준공식이 끝난 뒤, 첫 상영이 이어졌다. 운기는 노재윤이 감독하고 자신이 촬영한 필름을 첫 상영작으로 골랐다. 오랜만에 변사석에 오른 도언은 치마저고리를 입고 객석을 훑어보았다. 임검석 옆에 나란히 앉은 우치다와 이철만이 눈에 띄었다.

"안녕하십니까? 비성관의 변사 김도언입니다. 이번 영화는 노재윤 감독이 만든 '상해의 무법자'입니다. 세 달이 넘도록 실종 상태인 그가 하루빨리 우리 곁으로 돌아오길 바랍니다. 자,

그럼 영화 속으로 떠나볼까요?"

도언이 연행하고 운기가 영사기를 돌렸다. 진형은 송상철에게 안겨 있었다. 운기가 바라던 꿈 중에서 두 사람이 빠진 상태였지만 지금으로서는 최선이었다.

"김도언 변사, 훌륭한 연행이었네."

도언은 활짝 웃었다.

"그런 평가를 변사님께 받으니 정말 좋습니다. 잘 지내셨어요?"

머리에 서리가 내린 듯 흰 머리가 성성한 윤형수 변사가 도언에게 손을 내밀었다. 악수를 나눈 도언은 윤형수에게 가족들을 소개시켰다. 윤형수는 자신이 진선관에 있을 때부터 도언을 눈여겨보았다며 칭찬했다. 도언은 자신이야말로 윤 변사 덕분에 지금까지 변사로 살 수 있었다고 했다. 진심이었다.

연행이 끝나고 밖으로 나온 도언은 차가운 바람에 몸을 떨었다. 구름이 많이 낀 밤하늘에는 별이 보이지 않았다. 도언은 자신이 만났던 숨은별들을 하나씩 떠올렸다가 머리를 흔들어 그 기억을 지웠다. 한 번도 만나지 않은 것처럼, 자신도 그들과 아무 관련이 없는 것처럼 지내야 했다.

일본이 태평양 전쟁을 일으켰다. 하와이 진주만과 필리핀에 있는 미군의 군사 시설을 공격했다. 공습과 전쟁이 벌어진 뒤,

일본은 필리핀과 동남아시아와 미얀마의 대부분, 네덜란드령 동인도와 태평양의 많은 섬들을 점령했다. 일본이 미국을 공격했다는 사실이 알려지자, 조선인들은 경악했다.

"일본이 그 정도로 강했구나."

일본인의 기세는 등등해졌고 조선인은 무기력에 빠졌다. 일본이 조선을 집어삼킬 만한 능력이 있다고 받아들이는 사람들이 늘어났다. 동시에 조선의 독립은 물 건너갔다고 자포자기하는 사람들도 많아졌다.

영화는 이런 변화에 강하고 빠르게 반응했다. 이미 〈그대와 나〉, 〈집 없는 천사〉, 〈지원병〉처럼 친일 영화들이 상영되었고, 일본이 일으킨 전쟁에 협력해야 한다는 영화들이 극장에 올랐다. 운기가 비성관에 영화보다 연극을 올리기로 한 결정도 이런 변화 때문이었다.

등화관제[1]가 실시되었으며 야시가 철폐되었다. 도언은 야시가 있던 자리를 거닐었다. 검은개와 연락이 끊겼다.

"무사하겠지. 별일 없기를."

도언은 다시 숨은별을 기다렸다.

---

1) 적의 야간 공습에 대비하여 일정 지역의 등불을 모두 가리거나 끄게 하는 일.

생필품은 보급제로 바뀌었다. 양복을 맞추러 오는 사람들이 줄어들자 수복 양복점은 백화점에서 철수하기로 했다. 도언은 일자리를 잃었다.

이 년 만에 같이 살게 된 진형은 도언과 운기를 데면데면하게 대했지만 일주일이 지나자 언제 그랬냐는 듯 살가운 아들로 돌아왔다. 진형의 재롱에 도언과 운기는 시름을 잊었다. 도언의 집에 웃음이 돌았다.

"우리 형도 이런 일상을 누렸으면 좋겠어요."

"평범한 일상이 모두에게 오기를!"

"부디."

간절한 바람이 꼭 닿기를 빌고 또 빌었다.

12 · 필름

우치다가 살해당했다. 카페 비너스에서 커피를 마시고 집으로 돌아간 우치다가 칼에 찔려 죽었다. 그를 누가 찔렀는지 수사를 벌였으나 목격자가 나서지 않았다. 카페 비너스의 주인과 모든 여급이 조사를 받았고, 대부분 무혐의로 풀려났다. 이아림은 예외였다.

이틀 만에 풀려난 아림은 곧바로 도언을 찾아왔다. 운기와 도언, 곱단이 아림을 맞았다.

"우치다와 같이 카페 비너스에 자주 들렀던, 목소리에 쇳소리가 섞이고 양미간에 큰 사마귀가 있는 남자가 날 심문했어. 그런데 뭔 필름을 찾더라. 은승단인지, 은성단인지⋯⋯. 아무

튼 그걸 노재윤이 찍은 필름이 어디 있느냐고 묻던데 처음 듣는 단어였어. 내가 은승단이 극장 이름이냐고 물어봤다니까. 그런데 그 남자가 노재윤 감독이 쓰던 수첩을 갖고 있었어. 도언아, 재윤 씨 악필이잖아. 나한테 들이밀면서 무슨 글씨냐고 묻던데 나라고 읽겠어? 못 읽는다니까 쌍욕을 퍼붓더라고. 참 이상하지? 우치다 살인 사건 때문에 잡혔는데 정작 우치다에 관한 질문보다 필름을 찾는 질문이 더 많더라고."

도언의 얼굴에서 핏기가 점점 사라졌다. 운기는 그런 도언의 어깨를 감쌌다. 아림이 돌아간 뒤 도언이 곱단을 따로 불렀다.

"이모, 혹시 제게 무슨 일이 생기면 진형이를 부탁해요. 윗뜸에 연락해서 아주버님께 맡겨주세요."

"무슨 일이 생긴다니 왜 그렇게 약한 말을 해?"

"만약에요, 만약."

"상해에서 가져온 짐 중에…… 있니?"

"이모!"

"말 많고 탈 많은 집에서 신산한 세월을 견디며 살았어. 하지만 아무것도 모르면 내가 실수할 수도 있잖아."

"말 못 해요. 안 돼요."

"넌 정말…… 아버지나 상언이와 다르구나. 얼굴에서 다 읽혀. 조심해."

"두 사람은 어떻게 표정 하나 안 변할까요? 그게 늘 궁금했어요."

"난 다 읽히는 네가 더 좋았는데. 하지만 만약, 정말 만약에라도 그런 일이 생긴다면 다른 사람이 되어야겠지."

도언은 자신이 없었다. 아버지가 도언에게 역관이 될 수 없다고 한 첫 번째 이유는 여자였고, 두 번째 이유는 생각이 표정으로 읽혔기 때문이다. 사람들 말을 옮길 때, 객관적인 사실을 전달해야 하는 역관이 자기 생각을 들키면 객관성을 잃는다고 김선대는 믿었다. 그래서 언제나 낯빛을 변하지 않으려고 애썼다. 상언 또한 김선대처럼 표정에 변함이 없었다. 도언은 달랐다. 좋고 싫음이 명확하게 드러나, 무슨 생각을 하는지 알아보기 쉬웠다.

"아버지랑 형처럼 무표정했으면 저는 변사가 아니라 다른 일을 했을 거예요."

"알아. 그러니 걱정이지."

"괜찮아요. 걱정하지 마세요. 우치다랑 전…… 상관이 없으니까요."

도언은 숨은별에게 우치다에 대한 정보를 넘긴 사실을 잊고 싶었다. 그러나 그렇게 말하는 도언을 곱단이 빤히 보며 혀를 끌끌 찼다.

"조심하라니까."

도언은 히죽 웃었다. 그러나 그 말을 두고두고 곱씹을 줄 그때는 몰랐다.

도언은 눈을 겨우 떴다. 며칠 사이에 세상이 달라졌다. 맞닥뜨리는 현실이 꿈 같았고, 꿈이 현실처럼 지독했다. 목이 타들어갔으나 마실 물은 없었다. 도언은 침이 돌기를 기다렸으나 제대로 되지 않았다. 눈이 뻑뻑했고 이마의 흉터가 쑤셨지만 비비거나 만질 수 없었다. 꺾인 채 의자 뒤로 묶인 두 손은 피가 잘 통하지 않아 주먹을 쥐었다 펴기 버거웠다. 도언은 서대문 형무소 지하에 있는 작은 방에서 이철만과 마주하고 있었다.

우치다 때문에 끌려온 줄 알았다. 그런데 이철만이 진형을 들먹였다.

"진형이라뇨?"

뜻밖이었다. 도언은 최대한 말을 아꼈고, 이철만이 하는 말로 자신이 잡혀온 이유를 유추했다. 도언은 진형을 등에 업거나 손을 잡고 골목에 낙서를 하러 다녔다. 그 낙서를 진형이 눈여겨보았으리라고는 상상하지 못했다. 집 앞에서 놀던 진형이 흙바닥에 나뭇가지로 '독립'이라는 글씨를 썼고, 그 장면을 이철만이 보았다고 했다. 도언은 진형이 왜 그런 글씨를 썼는지 모른다고 딱 잡아뗐다.

하루가 지났다. 다시 마주한 이철만이 소매를 걷었다.

"노재윤이 은성단을 촬영한 필름을 본 적 있지?"

바짝 마른 입술을 조금 벌리며 도언이 중얼거렸다.

"물 한 잔만……."

이철만이 양철 주전자에 든 물을 도언의 머리 위에 들이부었다. 고문을 하다가 정신을 잃었을 경우에 쓰는 방법이었는데, 몇 번의 경험으로 도언은 흘러내리는 물을 혀로 핥아서 입술을 축였다.

"다시 묻겠다. 노재윤이 은성단을 촬영한 필름을 봤지?"

바짝 말랐던 입술에 물기가 더해지자 입을 떼기가 수월해졌다.

"그런 필름은 모르오."

"다시 한 번 묻겠다. 필름을 본 적 있나, 없나?"

"모르오."

맞은편에 앉았던 이철만이 벌떡 일어나 도언의 뺨을 후려갈겼다.

"빠가야로!"

도언의 입술이 찢어지면서 피가 혀를 타고 목으로 넘어갔다.

"도대체 왜 이러는지 잘 모르겠습니다. 노재운 감독의 실종 신고를 했고, 아직 못 찾아서 애를 태우고 있는데……."

이철만이 주머니에서 수첩을 꺼내 흔들었다. 재윤이 사라졌다고 했던, 아림이 본 수첩이었다. 도언은 사라졌던 수첩과 재윤, 은성단을 언급하는 이철만을 연결시켰다. 누군가 그 필름을 찾고 있다고 했고, 우치다를 살피라는 상언의 지시가 있었다. 생각하자, 생각해. 도언은 손을 까닥여 집게손가락으로 의자를 톡톡 두드렸다.

"필름 어딨어, 김도언?"

도언은 눈을 끔벅거렸다. 그때 문이 열리면서 경찰이 들어왔다.

"필담으로 알아낸 바로는, 총독부에 제출한 설계도뿐이랍니다."

"극장이 맞을 것 같은데 아직 못 찾았나?"

"없습니다."

"양주는?"

"거기에도 없습니다."

도언은 이철만과 경찰이 주고받는 말을 들으며 눈을 감았다. 필담이라면, 극장 터를 판 남자와 이야기를 나눈 모양이었다. 이들이 윗뜸과 비성관을 언급하는 걸 보면 이미 도언의 집을 버선목까지 뒤집었을 것이다. 혹시 미처 치우지 못한 흔적이 남았을까, 그 흔적이 누군가를 다치게 하진 않을까. 이미 잡힌 나는 어쩔 수 없지만 다른 이들까지 이 구렁텅이로 몰아넣으면 어쩌지. 진형이와 운기는 어디 있을까. 만약 운기가 끌려와 고문을 받는다면, 혼자 남은 진형은 누가 돌보고 있을까. 도언은 겉으로 감정이 드러나지 않게 하려고 입술 안쪽을 잘근잘근 씹었다. 찢어진 입술이 다시 터지면서 피가 입으로 고였다.

"우치다는 내 아버지다. 그건 알고 있나?"

감고 있던 눈을 번쩍 떴다.

"아버지라니, 그게 무슨 소리예요?"

도언은 자신이 알고 있다는 사실을 이철만에게 들키지 않으려고 애썼다. 머릿속이 복잡했다. 지켜야 할 것은 수없이 많았고, 들키지 않아야 할 것도 마찬가지였다. 도언은 몇 년 동안 정신을 잃은 척 했던 아버지를 떠올렸다. 아버지처럼 강한 마음이 필요할 때였다.

"내 아버지 우치다는 나와 동생 철환을 양자로 입적했지. 우리 둘 다 경찰이었어. 비밀 결사 단체인 은성단을 조사하려고 잠입 수사를 하던 철환이 밀정으로 몰려 처형당했다는 소식을 접하자 피가 거꾸로 솟았지. 대일본 제국에 맞서다니, 제정신이 아니잖나. 원수를 갚고 싶은데, 다행히 그 장면을 촬영한 감독이 있다더군. 남 감독. 그 사람이 노재윤이지?"

"무슨 말인지 모르겠소."

이철만이 바짝 붙어 있지 않아서 다행이었다. 필름 이야기를 듣는 순간 심장이 요동쳤다. 들키지 않으려면 다른 생각을 해야 하는데 자꾸 필름이 괜찮은지, 운기는 어떤지 걱정스러웠다.

"송운기, 네 남편이 여기 왔다."

도언이 울컥하면서 대들려는 순간, 잉크 없는 펜으로 글을 쓰던 아버지가 도언을 말렸다. 조심해라, 들키면 안 된다, 네 마음을 숨겨야 해, 지금이 끝이 아니다, 버텨야 해, 도언아, 넌 할 수 있다, 믿는다. 도언은 아버지가 자신에게 끝까지 말하지 않았던 이유를 깨달았다. 믿지 않아서가 아니라 오랜 싸움에 버티기 위해 남겨둔 씨앗이었다. 김선대가 철필로 긁어대던 'Independence'는 도언과 상언을 거쳐 진형으로 이어졌다. '독립', 3대가 이어온 꿈이 씨앗에서 열매로 맺을 때까지 지켜야 했다.

"백 번을 물어도, 모릅니다. 알아야 대답하죠."

또박또박 말하는 도언에게 채찍이 날아들었다. 도언은 다른 생각을 하려고 애쓰다가 정신을 잃었다.

바지가 축축했다. 옷을 갈아입고 싶었지만 다른 옷이 없었다. 겨우 바닥에 몸을 댔는가 싶었는데 다시 의자에 묶였다. 이제 이철만의 목소리를 들으면 채찍, 물, 인두, 몽둥이가 떠올랐다. 질문은 같을 것이고, 답도 마찬가지였다. 도언은 희미하게 꺼지는 정신을 붙들기 위해 행복했던 순간으로 되돌아갔다. 슬레이트, 프랑스 공원, 벤치, 치마저고리, 바지저고리, 혼인, 회회식당, 합환주, 작은 방, 찻잔, 운기, 진형……. 늘 끝은 진형이었다. 도언은 필사적으로 진형을 생각했다. 진형에게 떳떳한 엄마로 남고 싶었다. 살아남은 엄마가 아니라 지키는 엄마가 되고 싶었다.

"어이, 김도언. 필름 어딨어?"

"없는 필름을 만들어냅니까? 은수당인지 금수당인지, 여기 와서 처음 들었습니다. 그런데 그걸 찍은 필름이라뇨."

"노재윤이 은성단을 촬영한 필름!"

"정말 모릅니다."

"빠가야로!"

이철만이 도언의 눈앞에 필름 조각을 들이댔다. 현상된 필름에서 잘라낸 조각이었는데, 조각 한가운데 자막이 있었다. 도언은 부은 눈을 억지로 떠서 그 글자를 보려고 했으나 눈꺼풀이 잘 떠지지 않았다. 필름은 작았고, 그 가운데 있는 글씨는 더 작았다.

"노재윤이 갖고 있던 필름통 사이에 끼어 있던 조각이야.

'은성단 – 숨은별들을 찾아서'라는 자막이 있네. 그러니 그 필름이 있긴 하단 소리야. 다시 묻겠다. 필름 어딨어?"

이철만이 가죽 채찍을 내리쳤다. 질기고 긴 가죽끈이 휘갈긴 어깻죽지에서 피가 흘러내렸다.

"모, 몰라!"

"네 년이 모를 리 없다. 노재윤이 반도로 필름을 보낼 때 운반책이 너라고 인정했으니까. 설마 마지막에 거짓말을 할 리는 없잖은가."

"마지막…… 그럼?"

"방망이로 몇 대 맞더니 두 손을 싹싹 빌더군. 필름이 있는 건 인정했지만 어디 있는지는 모른대. 두 대 더 때렸더니 뻗었어. 그렇게 싱겁게 가는 사람은 처음 봤지."

"찾아달라고 애원했잖아. 당신, 기다리라며!"

도언은 끄억끄억 소리를 냈다. 재윤을 죽였다고 고백하는 이철만을 한 대 후려치고 싶었다. 제대로 복수하고 싶었다. 상해에 있을 때 사격 연습을 더 할 걸, 과녁을 벗어난다고 쉽게 포기하지 말 걸, 헬렌에게 더 배울 걸, 극장에 있지 말고 차라리 총을 들 걸 그랬다고 후회했다. 나약하고 힘이 없어서 재윤을 잃었다. 이제 필름에 재윤의 목숨값까지 얹혔다.

"필름 어딨어?'

"무슨 말인지 모르겠다니까!"

"좋은 말로 하려고 했더니 오늘도 안 되겠군."

이철만이 소매를 걷었다.

"당신도 조선인이잖아."

"내가? 틀렸어. 난 대일본 제국 신민이야."

"아니, 당신은 조선인이야. 태어날 때도, 죽을 때도 영원히 조선인이지."

이철만이 도언의 뺨을 후려친 다음 오른손을 덥석 잡았다.

"빠가야로 조센징."

이철만이 펜치로 도언의 엄지손톱을 잡았다. 손톱을 잡아빼기 위해 이철만이 힘을 가하는 순간 도언은 온 힘을 다해 부르짖었다.

"나는 모른다!"

도언은 손톱 두 개를 연달아 잃었다. 이번에는 이철만이 날카로운 못으로 왼쪽 손가락을 하나씩 찔렀다. 손가락 끝에서 시작한 고통이 온몸을 강타했다. 그때부터 전구가 깜박거리듯이 정신이 들었다 나갔다 했다. 도언은 지금까지 떠올리던 단어를 머릿속 깊이 새겼다. 온 신경을 한 문장에 집중했다. 나는 모른다, 모른다, 모른다, 모른다, 모른다. 다짐하듯 되뇌며 알고 있는 사실들을 덮었다. 저 따위에게 들키고 싶지 않은 소중한 마음들을 지키고 싶었다. 정신이 혼미해지는 순간, 몇 년 동안 정신을 잃은 척 살았던 김선대와 무표정해서 생각을 알기 힘들었던 상언을 떠올렸다.

'진형아, 엄마를 지켜줘. 엄마가 올바른 결정을 할 수 있게 도와줘.'

도언은 거창한 걸 바라지 않았다. 하고 싶은 일을 하고, 마음대로 말하고, 가고 싶은 곳에 가는 평범한 일상을 꿈꾸었다. 상언은 총을 들었고, 자신은 변사석에 섰고, 운기는 촬영을 했다. 셋 다 독립을 간절하게 바랐다. 도언은 필름에 대한 정보를 머릿속에서 지우고 싶었다. 누군가, 언젠가는 그 필름을 보면서 어떤 사람들이 독립을 위해 애썼는지 알 것이다. 하지만 지금은 아니다. 그 날이 오면, 독립을 맞는 그 날이 오면 운기가 은성단 필름을 당당히 틀 것이다. 그러면 도언은 깨끗한 치마저고리를 입고 변사석에 설 것이다. 맨 처음 진선관 변사석에 서던 그날처럼, 당당히 은성단에 대한 이야기를 들려줄 것이다.

"나는 모른다아! 이 개자식아!"

진형에게 한없이 미안했다. 자신이 내린 이 결정으로 진형은 외롭게 버텨야 할 수도 있었다. 자식에게 마음을 드러내지 않았던 아버지 마음이 얼마나 굳센 것인지 가늠하기 힘들었다. 더도 말고 덜도 말고, 아버지만큼, 딱 아버지만큼 버티자. 진형을 위해서.

도언은 정신을 잃었다.

앞자리에 누군가 앉았을 때, 도언은 눈을 감고 있었다. 어차피 늘 같은 소리만 들을 테고 도언은 알려줄 생각이 없었다. 그런데 익숙한 목소리가 맞은편에서 흘러나왔다.

"도언아, 괜찮아?"

눈을 뜨자 눈물이 그렁그렁한 조경진이 보였다.

"어떻게 왔어?"

"우치다, 내 상관이었잖아. 그래서 내가 물어볼 게 있다고 했어. 바깥소식도 전할 겸."

"이젠 너까지 날 괴롭힐 셈이야?"

"여기에도 별은 있어, 도언."

"……."

경진이 수신호를 했고, 도언이 눈을 크게 떴다. 저 수신호가 정보를 캐내려는 것인지, 돕겠다는 뜻인지 판단은 스스로 해야 했다.

"무슨 뜻인지 잘 모르겠는데."

도언이 입꼬리를 올렸다.

"이철만, 곧 별들이 찾아갈 거야. 그런데 지금은 아니야."

"그것 또한 무슨 말인지 모르겠네."

"몸조심하란 말은 못하겠고 정신은 멀쩡한 듯 하니 가야겠다. 진형이도 곱단 이모도 잘 있어. 걱정하지 마."

경진이 일어섰다. 도언은 팽팽했던 긴장을 풀었다.

"……고마워."

"동무끼리 그런 인사는…… 나중에 해. 나중에, 다 같이."

그날 밤 도언은 모처럼 달게 잠들었다.

서대문 형무소 철문이 열렸다. 쓰러질 듯 비틀거리며 나오는 도언에게 곱단이 달려왔다.

"세상에, 사람을 이 지경으로……."

도언은 자신을 부축하는 곱단의 손을 꽉 잡았다.

"진형이는요?"

"윗뜸에 있어."

"그 사람, 운기 씨는요?"

곱단이 눈가를 훔쳤다.

"일단 집에 가서 좀 쉬자. 그래야 해."

도언은 한 걸음만 걸어도 온몸이 부서질 것 같은 통증을 견디며 집에 도착했다. 그러나 운기는 집에 없었다.

"징병으로 끌려갔어."

"징병이라니, 왜요?"

"경무보가 필름이 어디 있는지 댈 것이냐, 징병을 갈 것이냐, 선택하라고 했대. 윗니가 하나, 아랫니가 두 개 빠져서 볼이 홀쭉해서는……."

도언은 털썩 주저앉았다. 가지런한 잇바디를 드러내며 웃던 운기는 이제 그 모습을 잃었다. 상한 몸으로 징병이라니, 그 선택은 필름을 내놓느니 죽겠다는 뜻이었다. 며칠 동안 버텨온 굳은 마음이 와르르 무너졌고 아무 소리도 들리지 않았다. 세상이 텅 비었다. 지독하게 외로웠다.

이틀 뒤, 출근하던 이철만이 표창에 급소를 찔려 살해당했다. 경찰은 범인을 찾기 위해 이곳저곳을 들쑤셨고, 누워 있던 도언에게도 찾아왔다. 끙끙 앓던 도언은 이철만이 죽었다는 소식에 눈을 번쩍 떴다. 겨우 정신을 차린 도언은 휘청거리며 비성관으로 가서 모든 문을 걸어 잠갔다. 그러고는 극장 곳곳을 뒤졌다. 땅을 산 날에 운기가 그렸던 그림을 떠올리며 젓갈 광이 있던 곳을 찾기 시작했다. 그러다 분장실 거울 밑 공간에서 울림이 큰 벽을 발견하고 잠금장치를 풀었다.

지하로 이어진 계단을 더듬거리며 내려가던 도언은 천장에 매달린 전깃줄을 보고는 다시 위로 올라와 스위치를 찾았다.

첫 번째 전등은 계단 중간까지 빛을 비추었다. 그 다음 전등은 바닥까지, 마지막 전등은 넓은 바닥을 비추었다. 김선대가 쓰던 사랑방보다 큰 공간인 그곳에는 선반이 있고 칸마다 상자들이 차곡차곡 놓여 있었다. 상자에는 필름통들이 여럿 들어 있었다.

바닥에 놓인 흰 천을 걷자 그곳에도 상자가 있었다. 그 상자 안에 봉투가 들어 있었다. 도언은 떨리는 손으로 봉투를 집었다.

이 필름들은 상해에서 만들엇고 내가 여러 번 나누어 들여왓다. 우리 민족에게 힘을 실어 줄 필름이지만 검열과 취체가 심햇고 필름을 잘리지 않게 상영할 방법을 찾지 못햇다. 이 필름을 갖고 들어온 안해·김도언이 경찰서에 구인되엇고 나도 곧 전쟁터로 끌려갈 예정이다. 상해 필름들과 조선에서 만든 필름들을 이곳 비성관에 함께 둔다. 다시 이 필름을 찾을 날이 빨리 오기를 바라지만. 념려할 일이 일어난다면 부탁한다. 이 필름을 지켜 다오.

송운기

도언은 끄억끄억 숨죽여 울었다. 지하 공간이라 소리가 울려서 맘 놓고 울 수도 없었다. 운기가 자신을 만나지 않았더라면, 은성단을 찾아가거나 필름을 숨길 일도 없었을 것이다. 편하게 살 수 있던 사람이었다. 만석꾼 집안의 아들, 동경 유학생, 촬영 감독, 어쩌면 영화감독까지 선택할 수 있었다. 그런데 운기는 거칠고 진창인 길로 들어섰다.

"나 때문이야, 내가 이 사람을……."

가슴이 터질 듯 답답했다. 숨쉬기가 힘들었다. 그러다 정신을 차렸다.

"지킬게요. 다른 건 몰라도, 그건 꼭 할게요."

도언은 꼼꼼히 불을 끄고 그 공간을 닫은 다음, 집으로 돌아와 종이들을 길게 잘랐다. 끼니를 챙겨주러 들른 곱단은 도언이 종이를 계속 자르는 모습에서 김선대를 발견하고 화들짝 놀랐다.

"뭐하니?"

"그냥…… 이모, 나 내일부터 밥 먹을래요. 밥 해 줘요."

"밥? 죽도 못 넘기더니 밥을 먹을 수 있겠어?"

"밥 먹고 싶어."

"알았어. 해줄게. 일단 오늘까진 죽 먹고."

곱단은 넋을 놓고 있던 도언이 이제야 정신을 차린다고 여겨

기꺼이 그 부탁을 들어주었다.

다음날, 곱단이 출근하기 전에 차린 밥상을 본 도언은 머리에 수건을 질끈 동여매고 편한 바지와 옷으로 갈아입었다. 그런 다음 밥을 한 덩어리로 뭉쳐 주먹밥으로 만든 뒤 소창에 싸서 주머니에 넣었다. 길게 자른 종이를 필름처럼 돌돌 말아서 반대쪽 주머니에 넣은 다음 다시 극장으로 향했다.

극장 문을 걸어 잠근 뒤, 도언은 비밀 공간으로 들어갔다. 책꽂이에 있는 필름들은 순서대로 정리했고, 운기가 특별히 흰 천으로 덮어씌운 필름들을 다시 살폈다. 언젠가 도언이 보았던, 은성단을 찍은 필름들이 그곳에 있었다. 표적을 향해 총을 쏘고, 표창을 날리며, 지도를 펴놓고 다음 작전을 연구하는 이들을 꼼꼼히 찍는 운기가 고스란히 느껴졌다. 그리고 그 필름에 운기와 도언이 프랑스 공원에서 올린 혼례 장면도 있었다. 편집본은 처음 보았다.

도언은 전등 불빛에 필름들을 비추며 읊조렸다.

"빛이 강하면 별이 잘 보이지 않아. 그러나 내가 어두운 곳으로 들어가면 반짝이는 별을 볼 수 있지. 은성단은 스스로 어두운 곳으로 들어가서, 남들에게 반짝이는 별을 보게 하는 사람들이야. 그들은 우리 가까이에 있어. 은성단은 스스로를 빛나게 하기보다 더 큰 별인 독립을 위해 움직여."

프랑스 공원에서 헤어질 때 상언이 도언에게 했던 말이었다. 도언은 가져온 밥을 으깨어 운기가 남긴 편지를 봉했다. 그리고 길게 자른 종이에도 꼼꼼히 밥알을 으깨 붙인 다음 상자에 붙였다. 밥 한 공기를 거의 다 쓴 다음, 손가락에 붙은 밥알을 떼어 먹었다.

"이번에는 내가 지킬게요. 그러니 당신이 돌아와서 꼭 이 풀을 떼야 해요."

일을 다 마친 도언은 천천히 뒷정리를 했다. 혼자서는 다시 이 비밀 공간을 밟지 않으리라는 굳은 각오로 문을 닫아걸었다.

"살아 돌아와요."

도언은 닫힌 문 앞에서 중얼거렸다. 운기에게 아직 못한 말이 많았다. 서로에게 애틋한 마음을 표현할 시간보다 비밀을 지켜야 할 시간이 더 많았던 부부였다.

"사랑해요!"

도언이 꼭 하고 싶었던 말이 극장에 메아리처럼 울렸다.

제대로 먹지 못한 채 무리했던 도언은 몸이 무너져 내리고 있음을 받아들였다. 시간이 얼마 남지 않았다. 도언은 마지막 힘을 짜내어 진형에게 편지를 썼다. 남기고 갈 것이 극장밖에 없으며 아버지가 돌아올 때까지, 혹은 아버지가 돌아오지 않더라도 절대 극장을 팔지 말라고 당부했다.

'너를 사랑한다, 몹시 사랑한다.'

도언은 떨리는 손으로 글을 마무리했다.

잠이 쏟아졌다. 도언은 치마저고리를 입고 변사석에 섰다. 영사실에는 운기가 들어갔고 객석에 진형과 곱단이 앉았다. 뒷줄에 재윤과 김선대도 있었다. 도언은 부채를 쫙 펴고 활짝 웃었다.

"안녕하세요, 대한인 변사 김도언입니다. 오늘 같이 보실 필름은 '은성단 – 숨은별들을 찾아서'입니다."

객석에서 큰 소리가 터졌다. 박수 같기도 하고 만세 소리 같기도 했다. 극장이 흔들거리고 변사석이 출렁였으며 영사막이 환해졌다. 영상에 찍힌 사람들이 뚜벅뚜벅 극장으로 걸어 나왔다. 각진 얼굴만 보였던 상언, 땜통 머리만 보인 남자, 한쪽 다리를 절뚝거리던 여자, 키가 껑충한 남자, 그들의 얼굴이 제대로 보였다. 평범하고 어디서든 볼 수 있는 사람들이었다. 도언은 자신이 지켜낸 그 사람들과 함께 만세를 불렀다.

쿵!

도언은 쏟아지는 잠을 주체하지 못하고 스르르 엎어졌다. 숨은별이 하늘로 올라가는 순간이었다.

1945년 8월 15일, 새벽이었다.

작가의 말

어떤 글은 책을 만들면서 이야기가 완결되지만, 어떤 글은 또 다른 이야기를 잇는다.

이 이야기는 『꿈꾸는 극장의 비밀』(라임)이라는 동화에서 출발한다. 꿈꾸는 극장에 숨겨진 비밀 공간을 세 아이가 찾아내는데, 그곳에서 무성 영화 필름을 발견한다. 그런데 그곳에 필름을 누가, 왜 넣었는지 궁금하지 않느냐고 이야기가 말을 걸었다. 이미 마무리한 글이었으므로 그 유혹을 뿌리치고 싶었다. 그러나 한 번 말을 건 이야기는 집요했고, 조금씩 그 집요함에 귀를 기울였다. 그래서 출발한 때로부터 거슬러 올라가는 이야기를 쓰기 시작했다.

모든 이야기가 다 그렇겠지만 역사를 되짚어가는 작업은 생각보다 녹록치 않았다. 〈아리랑〉을 비롯한 초기 무성 영화 필름이 대부분 소실되었다는 안타까움에서 출발한 탐구는 무성 영화를 찍던 사람, 그 영화를 보던 사람, 영화에 출연한 사람, 악극단, 변사 등으로 넓어졌다. 그러다 1회 변사 자격 검정 시험 기록에서 여성 네 명이 응시했다는 부분을 찾았다. 그들이 일본인인지 조선인인지는 분명하지 않다. 조선의 변사들이 활동한 기록에는 모두 남성만 남아 있다. 하지만 만약 변사 시험에 응시한 조선인 여성이 있다면, 그 여성은 어디에서 무엇을 했을까? 이 의문이 이야기를 이끌었다.

　초기 영화사를 공부하다가 상해로 건너간 영화인들을 알게 되었고, 그곳에서 '이이펑 아가씨'라는 특이한 직업을 발견했다. 그래서 여성 변사와 이이펑 아가씨를 엮어 '김도언'을 만들었다. 미국인 버튼 홈스가 찍은 활동사진은 고종의 팔촌인 이재순을 통해 궁으로 들어왔다. 이재순과 버튼 홈스 사이에 누군가 통역을 했으리라는 가정으로 '김선대'라는 역관을 만들었다. '진선관'과 '은성단'을 가상으로 만든 뒤, 질문하고 답을 찾는 과정을 반복했다.

　중국을 한 번도 가지 않았던 나는 이 이야기를 보충하기 위해 국외 여행을 네 번 다녀왔다. 두 번은 독립 대장정 모둠과, 한 번은 심용환 답사 모둠과, 또 한 번은 엄마와 함께했다. 아르코에서 받은 문학창작기금은 국외 답사에 요긴하게 쓰였다.

　그전까지 막연했던 그들이 중국 장사에 있는 남목청에서 내게 처음으로 다가왔다. 백범 김구가 저격을 당했던 남목청을 올려다보고 있는데, 갑자기 상언이 말을 걸었다.

"숨은별을 찾으십니까?"

당황한 나는 어찌할 바를 몰라 남목청 벽에 기댔다. 검은 벽돌이 따스한 온기를 보내며 걱정하지 말라고, 끝까지 해 보라고 나를 응원했다. 과연 이 이야기를 쓸 수 있을까 고민하던 때였다.

그 뒤로 상언과 도언, 운기는 불쑥불쑥 내게 말을 걸었다. 어두운 시골길, 울창한 갈대밭, 질척한 붉은 흙, 입에 안 맞는 중국 향신료, 압록강 철교, 기차, 극장, 모두 그들이었다.

2년 동안 이 이야기에 매달렸다. 연희 문학 창작촌에서 도언과 상언의 어린 시절을 썼고, 토지 문화관에서 이어갔다. 그리고 중국을 여러 번 오가면서 도언과 상언을 만들었다.

2019년은 3·1운동 100주년을 맞는 해임과 동시에 한국 영화 100년을 맞는 해이다. 100년 전 조선인이 만든 첫 활동사진은 기록으로만 남아 있다. 초창기 필름 중에서 현재 남아 있는 편수는 그다지 많지 않다. 그러나 그들이 영화를 만들면서 키웠던 꿈들은 여전히 이어진다고 믿는다. 영화 한 편을 만들고 상영하는데 들어간 여러 사람의 땀방울 또한 마찬가지다.

3·1운동 100주년 기념 사업 추진 위원회에서 주관한 '독립대장정'에 특별히 감사드린다. 임시 정부가 걸었던 길과 만주와 연변 지역을

답사하면서 오롯이 상언과 도언을 만날 수 있었다. 또한 추진 위원회에서 새롭게 수정한 독립 선언서를 이 글에서 부분 인용하였음을 밝힌다.

박광일, 심용환, 최태성 세 사람과 함께 떠났던 답사가 내 생각을 흔들지 않았더라면 이 글을 마무리하기 힘들었을 것이다. 따스지에 사진을 찍은 신춘호, 남목청 사진으로 내 첫 만남을 남긴 김동우, 3·1 운동 신문 자료들을 제공한 최인경, 릴 테이프 한 통과 이야기를 선물한 안병호, 일본어 번역에 도움을 준 김황·엄혜숙, 중국인 이름에 도움을 준 성근제, 나보다 앞서 자료들을 정리한 많은 분들에게 감사드린다. 무엇보다 늘 내게 친구이자 동료인 가족에게 고마움을 보낸다.

그 길을 함께 걸었던 많은 이들이 내게 큰 용기를 불어넣었다. 앞으로 그 길에 이 이야기가 덧입혀지길 꿈꾸는 상상으로 이어갔다.

도산 안창호는 "Keep smile!"이라는 말을 남겼다. 독립 운동을 웃으면서 기꺼이 맞자는 뜻이다. 그 말이 깊게 마음에 남는다.

참고문헌

『1901년 서울을 걷다 - 버튼 홈스의 사진에 담긴 옛 서울, 서울 사람들』, 버튼 홈스, 푸른길, 2012

『경성, 카메라 산책』, 이경민, 아카이브북스, 2012

『꿈갓흔 옛날 피압흔 니야기』, 오연호, 한도신, 김동수, 민족문제연구소, 2016

『단박에 한국사 : 근대편』, 심용환, 위즈덤하우스, 2016

『만세열전』, 조한성, 생각정원, 2019

『민들레의 비상-여성 한국광복군 지복영 회고록』, 지복영 지음, 이준식 정리, 민족문제연구소, 2015

『세 여자 1,2』, 조선희, 한겨레출판, 2017

『소리의 정치-식민지 조선의 극장과 제국의 관객』, 이화진, 현실문화, 2016

『식민적 근대성과 한국영화 - 조선영화와 충무로 영화의 역사적 문화 상상』, 주창규, 소명출판, 2013

『식민지 시대의 영화 검열(1901~1934)』, 한국영상자료원(KOFA) 엮음, 한국영상자료원, 2010

『식민지 조선의 또 다른 이름, 시네마 천국』, 김승구, 책과 함께, 2012

『아직도 내 귀엔 서간도 바람소리가』, 허은 구술, 변창애 기록, 민족문제연구소, 2010

『월경하는 극장들 - 동아시아 근대 극장과 예술사의 변동』, 이상우 외, 소명출판, 2013

『이영일의 한국 영화사 강의록』, 한국예술연구소, 소도, 2002

『이육사의 독립운동』, 김희곤, 이육사문학관, 2017

『일본어 잡지로 본 조선 영화 1,2』, 한국영상자료원 영화사 연구소 엮음, 한국영상자료원, 2011

『장강일기』, 정정화, 학민사, 1998

『제국에서 민국으로 가는 길』, 박광일 지음, 신춘호 사진, 생각정원, 2019

『조선영화란 하(何)오』, 백문임 등 엮음, 창비, 2016

『조선영화사 논점』, 김수남, 월인, 2008

『투사하는 제국 투영하는 식민지 - 1901~1945년의 한국영화사를 되짚다』, 김려실, 삼인, 2006

『한국 근대영화의 기원』, 이효인, 박이정, 2017

『한국 영화 100년사』, 안태근, 북스토리, 2013

『한국의 레지스탕스 - 야만의 시대와 맞선 근대 지식인의 비밀 결사와 결전』, 조한성, 생각정원, 2013